芸芸众生，都如小草似的，每个人都会活出属于自己的美丽。

《每一棵草都会开花》给了我莫大的鼓舞和安慰，让我感受到生命之美，让我知道，哪怕平凡如一棵小草，也能在灰暗低洼处，长出一片光明来。

——读者留言

全新修订版

每一棵草都会开花

丁立梅 著

金城出版社
GOLD WALL PRESS
·北京·

图书在版编目（CIP）数据

每一棵草都会开花 / 丁立梅著. — 3版. — 北京：
金城出版社有限公司，2022.10
ISBN 978-7-5155-2287-6

Ⅰ. ①每… Ⅱ. ①丁… Ⅲ. ①散文集－中国－当代
Ⅳ. ① I267

中国版本图书馆 CIP 数据核字 (2021) 第 255163 号

每一棵草都会开花

作　　者	丁立梅
责任编辑	杨　超　彭洪清
责任校对	欧阳云
责任印制	李仕杰
开　　本	700 毫米 ×960 毫米　1/16
印　　张	16.5
字　　数	230 千字
版　　次	2022 年 10 月第 1 版
印　　次	2022 年 10 月第 1 次印刷
印　　刷	天津旭丰源印刷有限公司
书　　号	ISBN 978-7-5155-2287-6
定　　价	42.00 元

出版发行	**金城出版社有限公司** 北京市朝阳区利泽东二路 3 号 邮政编码：100102
发 行 部	(010) 84254364
编 辑 部	(010) 64210080
总 编 室	(010) 64228516
网　　址	http：//www.jccb.com.cn
电子邮箱	jinchengchuban@163.com
法律顾问	北京市安理律师事务所　（电话）18911105819

向一棵草学习

我喜欢花，喜欢到痴迷的程度。花的品性纯良，又天真、自然、温柔，不伪不装。在它跟前，你总能放松绷紧着的神经，找到一些安慰，在心头添加一些温热的东西。

倘若你要问我最喜欢什么花，——这个问题的确常被我的读者朋友拿来问我。我往往很犹豫，不知怎么作答了。如果我说我最喜欢蔷薇，那么，月季会不会不高兴？如果我说我最喜欢牡丹，那么，芍药会不会不开心？还有荷花呀，茉莉呀，海棠呀，菊花呀，它们都会有意见的。

花的心思单纯如一。面对它们，我们也要单纯一些才好啊，别把俗世的名利呀地位呀，拿来惊扰它们的快乐和安宁。每一朵花，都自成天地，都应该得到你的尊重和赏识。

倘若你还是固执地问我要一个答案，我想我会这么回答你，在所有的花里面，我比较偏爱野花吧。

我是在乡下长大的，大自然教给我的一课里，野草野花是占着相当重要的位置的。一年四季，乡村的田间地头、沟边河畔，有多少野草，就有多少野花。它们其实都各有各的名字的，但人们懒得去辨认，统一称呼它们，野花。它们也无所谓，本来就是野生野长的草嘛，自有着属于它们的顽强和坚韧，天地阔大，哪里都是它们的家，何惧风吹，何惧雨淋？任再贫瘠荒凉的地方，哪怕是在砖缝瓦隙间，只要还有一口气在，它们就会努力扎下根，开出属于自己的花。

我每每想写点什么的时候，眼前总是摇曳着它们的身影，马兰头的花是粉紫的，蒲儿草的花是黄色的，婆婆纳的花是蓝色的，宝盖草的花是蜜桃红的……每一棵草都会开花。每一棵草，都尽其所能，活出它的从容和灿烂。

向一棵草学习吧，这是我几十年来一直在做的事情。无论是做人，还是写作，我都尽量让自己向一棵草靠拢，怀一颗谦卑诚恳的心，悦纳所有，尽量从中汲取一些美好和光芒，努力开出一朵花来。哪怕它只是微不足道的一朵涧边小花，它也活出了它的意义，明亮、温馨、不屈不挠。这也是再版这本散文集《每一棵草都会开花》的意义所在。

有读者朋友告诉我，梅子老师，我就是读着你的《每一棵草都会开花》长大的呀，当年，它像一盏灯，把我灰暗的人生照亮，给了我莫大的鼓舞和安慰。是你让我感受到生命之美，让我知道，哪怕平凡如一棵小草，也能在灰暗低洼处，长出一片光明来。我听了，很是欢喜。这是对这本书最大的肯定，也是我多年来之所以把写作坚持下来的重要原因之一。

也有读者朋友因我写下的文字，前来造访我所在的小城，说，我去了你去的公园，走了你走过的路，真希望能在路上遇到你啊。我笑了，我们或许真的遇见过呢，那完全是有可能的。每天黄昏，我铁定是要出门走走的，你若看见一个半老太太，弯腰对着一棵开花的小草，迷醉地看着，那肯定是被你唤作梅子老师的那个人。

当然，她看上去，一点也不显老。因为她的心里，一直住着一个孩子。

目录

CONTENTS

那些温暖的……

PART Ⅰ

第一辑

目录

CONTENTS

每一棵草都会开花

PART Ⅱ

第二辑

那些疼我的人

PART Ⅲ

第三辑

目录

花盆里的狗尾草

PART Ⅳ
第四辑

CONTENTS

目录

CONTENTS

放手的美丽

PART Ⅴ
第五辑

你在，就心安

PART Ⅵ
第六辑

目录

CONTENTS

向一棵草学习

PART I —— 第一辑

那些温暖的……

授人玫瑰，手留余香。

有时，送别人一份快乐，你会收获到更多的快乐。

她不是一棵树

我是在丽江古城看到那个女人的，靛蓝的大褂，靛青的裤，腰系百褶围腰，典型的纳西族装扮。女人很老了，皮肤松弛，多皱褶。她盘腿坐在一方檐下，守着一堆绣花鞋垫，对着熙来攘往的人，风吹不动。像丽江河畔的一方石，抑或檐上的一块砖，身边的一个热闹世界，都与她无关的。她的身上，充满无法言说的古朴和沧桑。

我承认，这样的沧桑，深深打动了我。我身边的游人，亦有停下来看她的，他们在她的鞋垫面前弯下腰去，看看，并不买。抬首就是一爿店，更精美的东西，里面多的是。

我举起手里的相机。飞起的檐，赭色的木门，檐下的红灯笼，还有这个老妇人，这实在是个很不错的画面。我甚至想过，如果拍摄效果好，我要把它放进我的游记里当插图。就在这时，突然从人群里冲出一个小孩儿来，小孩儿七八岁，黑，且瘦。他斜背着一个网兜兜，里面横七竖八躺着一些空饮料瓶。小孩儿几步就冲到檐下的老妇人跟前，伸出胳膊挡在前面，眼睛亮亮地对着我，口齿伶俐地说，不许拍！

我吃了一惊，没明白过来。我说怎么了？手里依然举着相机。

小孩儿一看，急了，直视着我，再次强调，不许拍！她不是一棵树！

我愣住了。这是我万万没想到的。是啊，她不是一棵树呢，我怎么可以随便拍？我放下举起相机的手，对小孩儿抱歉地笑了笑。小孩儿松了一口气，却仍盯着我，生怕我偷拍似的。

我看他实在可爱，开玩笑地问他，那么，我可以拍你吗？

他眼睛滴溜溜地转了转，回答得倒爽快，说，可以。不过，他伸手一指老妇人脚边的五颜六色，坏坏地笑，说，你得先买一双老奶奶的鞋垫。

我问，为什么呢？

他答，因为你刚才侵犯了她，算是向她道歉。

我笑，照他说的做了。他很高兴，挺配合地让我给他拍了一张照片。我故意问他，你也不是一棵树呀，为什么让我拍？

因为你问过我可不可以呀，小家伙响亮地答。而后跑进人群里，像条小泥鳅似的，转瞬不见了踪影。

我愣在那里，为一颗小小的心里驻着的尊严。

这以后，我又去过很多地方，但不管到了哪里，我都不会再轻易把别人捉进我的镜头。因为，她不是一棵树，我没有权利侵犯她。

镇静如花

歹徒冲进教室的时候，老师正在给一群七八岁的孩子上课。孩子们仰着柔嫩的小脸蛋，像一朵一朵盛开的葵花。窗外阳光明媚，世界安宁。

但歹徒出人意料地冲进来了，就近抓住一个男孩，从身后抽出一把明晃晃的刀来，大吼道，不许乱动！讲台前的老师稍一愣怔，随即明白了，他们被歹徒当作人质劫持了。

教室里有了小小的惊慌。老师的脸上，却现出微笑来，那微笑明亮如灯，照亮了孩子们的心。她的眼光一一扫过孩子们可爱的脸，而后温柔地说，同学们不要怕，这是在拍《小鬼当家》呢。

是拍戏呀，孩子们立即兴奋起来，原先的惊慌一扫而空。

老师转而语气平缓地跟歹徒讲条件，可不可以用她替换下他手上的孩子？歹徒想想，没同意。老师又提第二个条件，可不可以让其他的孩子出去？歹徒沉默良久，同意了。

于是老师让孩子们排好队，手拉手地走出教室。整个过程中，没有任何的吵嚷，没有任何的混乱，孩子们很听话很安静地配合着，以为真的是在拍《小鬼当家》的戏。

争取到时间的老师报了警，警察迅速包围了学校，一切都在静静中进行着。

两小时后，歹徒被擒，被抓住当人质的孩子安然无恙。当那个孩子从人质手里被解救出来时，他的神态是轻松的，甚至是快乐的。他一直以为是在拍戏，离开歹徒时，他还天真地安慰那个歹徒，叔叔，我不怕拍戏，你也不要怕。

一场隐伏的悲剧，就这样被那个老师的镇静，消弭于无形之中。她用她的镇静，最大限度地保护了可爱的童心，她让他们，继续无忧地如花盛开。窗外，春光依旧明媚，世界依旧安宁。

不要碰疼她

跟一家电视台，去做一档节目，是某家单位，资助一不幸小女孩的事。

那家单位是在一次下乡活动中，偶然听说小女孩的故事的。小女孩3岁那年，在江上跑运输的父母，突然双双遇难，尸首都不曾找到。从此，她跟着年迈的爷爷一起过，生活维艰。那家单位萌发了资助小女孩生活的念头，于是捐了款，送她上学，还不时把她接到单位，让单位员工轮流带她回家，好吃好喝好穿地照应着。

这事，渐渐被传扬开来，散出温暖的色彩。关注的人，自然多，小女孩因此成了媒体的焦点。

她显然很不适应这样的阵势，面对着摄像镜头，她低了头，一句话也不肯说。她年迈的爷爷不住地推搡着她，丫头，叫人呀，叫叔叔，叫阿姨，感谢叔叔阿姨们对你的关心。她仍是一声不吭，只偶尔，抬眼扫一下面前的人，那眼神里，有惊慌，有不安，更多的是茫然。

按节目安排，有一场景，应是小女孩面对父母的遗像，做出悲伤的神情。小女孩父母的遗像被取出来，玻璃镜框里，两张年轻的脸庞，百合花似的，让人动容。

小女孩却不配合，她看着父母的遗像，没有一点点悲伤的意思，甚至，带了漠然。有人轻声地诱导她，孩子，你想一想啊，别的小朋友都有爸爸妈妈，而你没有，你不难过吗？你不想他们吗？

小女孩还是很漠然。

这孩子，是不是智商有问题？有人私下嘀咕。节目一直拍不到理想的效果，任你怎么启发，小姑娘的眼睛里，就是没有悲伤。

大家把目光转向我，因为我跟孩子最容易亲近，他们想让我再去启发启发她。当时正是阳春三月，春在溪头荠菜花。我跟小女孩提出，一起去挑荠菜。小女孩高兴地答应了。

提着篮子，我们走在田埂上。小女孩像换了个人似的，在我前面快乐地跑着跳着，不时告诉我这叫什么草，那叫什么花。在那片天地里，她是主人。

很快，我跟小女孩混熟了，我问她，想过爸爸妈妈吗？

为什么老要我想爸爸妈妈呢？小女孩问。一丝忧伤爬上她的脸。

这一句问，让我发了愣，是啊，我们为什么老要让她想她的爸爸妈妈呢？她对他们，是完全没有记忆的，这应是幸事。我们想唤起的，到底是什么？不过是别样的悲伤，好满足了我们的同情。

四野里，一片祥和，花们安静地开着，草们安静地绿着。我想，小女孩也是这样的一株植物吧，风或许会吹折她的叶，雨或许会打折她的茎，但生命的顽强，会让她的伤口自动愈合。春风再度吹起的时候，她自会绿起来，她只记得当下的快乐，有什么不好？

当篮子装满荠菜的时候，小女孩告诉我，秋天的时候，还有枸杞摘的，红红的果子，可好看啦。

我望着小女孩，心里涨满感动。那一档节目终因我的坚持，取消了。我只希望，小女孩能安静地生活在她的世界里，人们不要再去碰疼她。

一路阳光

这个故事，是听来的。说故事的，是我的一个做记者的朋友。那日，他完成一个采访后，按捺不住内心激动，给我打来电话，他说，我要说一个故事给你听，你一定会感动。

故事是有关一个拥抱的，一个警察的拥抱。

警察是名刑警。刑警的工作，最无规律可循，哪里有案子，他们就奔向哪里去。而案子什么时候能侦破，也最是说不定，有时可能一两天就解决了。有时却要赔上三五个月，甚至更长时间。于是，他们成了真正被时间牵着走的人，为寻找蛛丝马迹，常没日没夜，到处奔波。

可他们也是寻常人，也有爱，也有家，却常要愧对那一份爱，那一个家。故事里的刑警，新婚没多久，但案子多，让他不得不一次次别妻而走。他的妻是有怨言的，但又能如何？她选择了刑警，也就选择了无尽的等待和牵挂。她渐渐习惯了这样的日子。

只是，她怀孕了。怀孕了的女人，是脆弱着的，是要被人好好照顾着的，她的刑警丈夫却常不在她身边，有时十天半月也不见人影，她再也不能忍受了。这天，天下着小雨，她的刑警丈夫好不容易归了家。她一把拉住他，不肯再松手，她要他陪她去医院做产检。他充满愧疚地答应，好，这次，我一定陪你去。然而，突发性的案子来了，他要立即赶赴案发现场。

她委屈的泪，成串。他能给予她的，只有一个深深的拥抱。他俯她耳边，轻声说："亲爱的，对不住了，又让你一个人去医院了。不过，我的这个拥抱，是有魔力的哦，它会让你一路阳光。"她当然不信，却还是在他深深的一个拥抱中，含着泪笑了。

他奔向案发现场。她只好一个人去医院。说来真是奇怪，一路之上，她遇到的每个人，脸上都挂着和煦的笑容。有的人还特地停下来，好心地提醒她，你慢点走哦，当心脚下。她上公交车，座位已满，可人们看到她，都争相站起来，请她坐下，并关照道，你要小心点呵。她到医院，妇产科门口早就排起了长龙，这天去做孕检的孕妇特别多。然大家看到她，自觉地让出一条通道来，笑着示意她先去做检查。做检查的女医生见到她后，笑得特别温柔，给她检查得又仔细又认真。她走时，女医生再三交代了一些注意事项，又特地叮嘱道，路上小心点，回去后，你若感到哪里不舒服，可以随时来呵。

这一天，她感觉到自己真幸运，走到哪儿，都有阳光遍洒。她仿佛真的被施了魔法，让遇见她的每个人，都怀着一份热忱和好意。她的心，被暖了又暖。

秘密是归家后发现的。归家后，她脱下外套，在外套背后，意外看到一张小纸条。那是丈夫在拥抱她时，悄悄粘上去的。纸条上写着一行字：

我是一名刑警，因工作太忙，无暇照顾我怀孕的妻子。如果大家看到她，请多多关照。谢谢了！

故事发展到这儿，我想流泪。不是因为那张纸条，而是因为看到纸条的人们，他们用心底的爱和善良，铺出一路阳光。他们没有让一颗心失望。

善心如花

在一个陌生的小城歇脚，看到小城车站窗口悬挂着一个爱心箱。箱子其实是个普通的箱子，木头的，外表漆成养眼的草绿色，上面用红漆写着三个大字：“爱心箱。”路过的人，有留意看一下的，也有根本不在意的。你留意也好，你不在意也罢，箱子兀自在那儿挂着，像承诺，像坚守。问当地人，这箱子做什么用呢？那人看一眼，笑说，是帮助落难的人回家呢。他走过去，从口袋里掏出一枚硬币投进去。

陆续地，有人亦走过去，捐出身上的硬币。

原来，这是一个捐款箱。所得资金，全部用来帮助车站上落难的旅客，让他们能顺利返家。据说这个爱心箱，已先后使几百人受益，爱心洒向全国各地。

突然觉得这个小城芳香四溢起来。一个人的一元不多，但很多人的一元，就能汇成一条爱的河流。我也走过去，投进去一元。我不知道我的那一元，会助谁踏上回家的路。当他顶着外面的风寒，推开家门，扑进家的温暖里，我想，他的心中，一定有花在开。

我的单位附近，卖吃食的小摊子多，各色各样的点心小吃，花样迭出，让人应接不暇。其中，有一卖茶馓的，却很少变换花样，她终年只卖一样，就是茶馓。那是一个中年妇人，头发有些灰白，成天套一件格子围裙。她守着她的摊子，并不叫卖，只安静坐着。生意却好得很，去买她茶馓的人，总是很多。不少的人，都是老顾客了，见面了，远远就招呼开了。

每次大家也不多买，只买上一元两元的，抓在手里，坐她边上吃，她会提供些白开水。大家一边吃，一边和她唠家常，说些天气如何之类的家常话。她呵呵笑着，眼角的鱼尾纹，全堆到一起。

我以为，茶馓一定很好吃。一次特地跑去买，却不是想象中的味道，甚至，有些难吃。

她那里的顾客，却仍不见减少。有时我下班路过，她的摊子边，围着一圈人，都在吃茶馓，很热闹。这让我费解。

后来无意中听到她的故事：原本有着和美的一个家，却意外发生变故，一场车祸，儿死夫丧，她自己也断掉两条腿，靠卖茶馓维持生计。

知道她故事的人，都跑去买她的茶馓。渐渐地，这成了大家约定俗成的事。

我也常去了。每次只买一元，有时坐她旁边吃完，有时不。她笑笑的，我也笑笑的，很愉快。

那儿，新近又冒出几家小吃食摊子来，香喷喷的，直钻人鼻孔。她的生意，却并未因此受到影响，每次从她摊前过，我都看到有人在她那儿吃茶馓。忍不住感动，想，她终究是个幸福的人呢，被这么多善心包围着。

这样的善心，是这个世上不败的花朵。生命在，它的芳香就在，或许不浓烈，却一点一点，沁人心脾。

那些温暖的……

邻家女人上街买菜，“捡”回一老妇人。老妇人衣着整洁，不像久经流浪或无家可归的，却神情呆滞。在街上见到邻家女人，就一直跟她后面，嘴里叫着，小毛，小毛。小毛是谁无人知晓，或许是老妇人的女儿吧。

邻家女人本想一走了之，篮子里一蓬菜蔬，提醒她快快回家做饭去。回头，却瞅见一张皱纹密布的脸，那脸上毫不设防地写着对她的依恋。她的心当下软了软，想，要是她不管，老妇人不定流落到什么地方去呢。于是，她把老妇人领回了家。

老妇人这一住，就是半个多月。这期间，邻家女人像对自家老人一样，好茶好饭待她，还带她去浴室洗澡。一边满世界留心着，哪里有寻人的。老妇人除了说小毛小毛外，不记得任何人和事。有人跟邻家女人开玩笑，你还真要为她养老送终啊？邻家女人回，若真是那样，也无所谓啊，不过是煮饭时，多添一碗水。不久后的一天，老妇人的女儿终于寻来，对邻家女人千恩万谢。邻家女人不在意地笑着说，匀出一口饭，就能救活一条命呐。

晚上，去国贸大厦旁的广场散步，总看到一群快乐的人，随着音乐在空地上起舞。每天如此。音乐的来源，原是一台旧收音机。后来换了，换成了簇新的DVD机，在一辆自行车上架着。观察过几次，发现自行车的主人，是一对老夫妇。他们并不跳舞，只守着机子，看别人跳，笑眯眯的。

跳舞的人是不固定的，谁高兴了都可以进去跳两圈。不断有人加进去。起初也只是一些老年人，后来一些年轻人也参与进去了。快乐在音乐中沸腾着，飞扬着。

某天，我在一旁观看，终忍不住走过去，问那对老夫妇，你们是免费来这儿放音乐的么？他们说，是啊，每晚七点准时到。

瞧，这都是我们新买的碟片，买的新华书店正版的，效果很好呢。老妇人举着新买的碟片让我看，我看到碟片上印着飘飞的裙裾，是些慢三或慢四，全是舞曲。

效果当然很好，音乐似泉水潺潺流淌。我开玩笑说，可以适当收点费的呀。老妇人笑了，收什么费呀，自己找乐子呗，看着大家高兴，我们也高兴。

我笑了，想起一句话来，授人玫瑰，手留余香。有时，送别人一份快乐，自己会收获到更多的快乐。

小城里，蹬三轮车的人多，满大街随便走着，就有车夫跟上来，殷勤相问，要车不？我曾烦过这个，觉得他们特缠人。近日却听来一个真实的故事，故事说的就是这样的一群三轮车夫，他们不富裕，有的甚至很贫穷，却自发地去照顾一个不幸的老人。

老人的生活本来很安定，育有两个儿子，先后都成家了。一次车祸，却让一个幸福的家庭瞬间解体，老人的两个儿子都在车祸中丧了身。两个儿媳妇先后离开了家，另嫁他人，老人孑然一身。为了生计，老人出来踏三轮车，但到底年老体衰，又三天两头生病，养活自己也难，幸得这些三轮车夫照顾。他们商量好了似的，每天收工时，这个塞给老人五元，那个塞给老人十元。如果哪天老人没来，他们知道，老人一准是病了，都结着伴前去探望，送了吃的和用的。老人有次发急病，幸好他们及时赶到，送去医院，老人才转危为安。

这是生活在社会最底层的一些人，他们普通得常常被我们忽略，可是这个世界，却因他们身上散发出的善和暖，一点一点美好起来。现在，每每走在大街上，我的眼睛，总有意无意停在一些三轮车夫身上，是他，还是另一个他，在默默匀出自己的温暖，送给他人？他们的脸上，没有答案。他们一如既往，为生计奔波着，路过你身边时，还会殷勤地相问，要车不？眨眼间，他们的身影，没入人群里。再走进人群，我的身前身后，总像流淌着一条温暖的河。

感激一杯温开水

这是朋友讲的故事。

十来年前，他还在深圳打工，整天帮人家掏下水道，走哪儿，身上都一股下水道的异味，很让人侧目。所以，他一般不到热闹中去。那个城市的繁华和优雅是那个城市的，装不进他兜里一点点，他住工棚，倚墙脚吃冷馒头。

一日，天下雨，是深秋的雨。虽说是在深圳，那雨，也带了寒意。他当时已掏好一家酒楼的下水道，雨大，回不了，就倚在酒楼的檐下躲雨，一边掏了怀里的冷馒头吃。

冷。他抱臂，转过脸，隔了酒楼玻璃的窗，望里面蒸腾的热气和温暖，一些人悠闲地在吃饭。他想，若是有一杯热热的茶喝，该多好。呵呵，他在心里面笑着对自己摇头，怎么可以那样奢望呢？他看天，只等雨歇，好回他的工棚去。

这时，酒楼的门忽然开了，一个打着深红领结、穿着蓝色套装的服务员，径直走到他跟前，彬彬有礼地对他说，先生，您请进。他愣住了，结巴着说，我，我，不是来吃饭的，我，只是躲会儿雨。服务员微笑，说，没关系，进来吧，外面雨大。朋友拒绝不了那样的微笑，鬼使神差地跟她进去了。进去时，他暗地里想，想宰我？没门！我除了身上的破衣裳，什么也没有的。

他被引到一张椅子上坐定，还没来得及想什么呢，另一个服务员已端来一杯温开水。先生，请喝水，同样的彬彬有礼。朋友不知道她们葫芦里卖的什么药，想，既来之，则安之。遂毫不客气地端起茶杯，把一杯水喝得干干净净，且把怀里的另一个冷馒头掏出来，吃了。服务员又帮他续上温开水，他则接着喝，喝得身上暖洋洋的，额上渗出了细密的汗，舒坦极了。

后来，雨停了，他以为那些服务员会来收钱的，但是没有。他坐等一会儿，还是没有一个人来问他。刚才喊他进来的服务员正站在大门口送客，他忍不住走过去问，白开水不收钱吗？服务员微笑，先生，我们这儿的白开水是免费的。

那一杯白开水的温暖，从此，烙在了朋友的记忆里。每每谈到深圳人，朋友的眼里，都会升起一片感激的雾来。

朋友后来从深圳回来发展，从收荒货做起，居然积攒了一笔钱，也开一家酒楼。他定下一条规矩：凡是雨天在他酒楼前躲雨的人，都要请到店里来坐，并且要给人家倒上一杯温开水。

他酒楼的名声因此而打响，那是朋友没想到的。许多人提到他时都会说，那个老板人好啊，下雨天，不管大人小孩，不管城里人乡下人，在他屋前躲雨，他都会请到屋里坐的，并且提供免费的茶水。

仅仅一杯温开水，就温暖了一个人一生的记忆，甚至产生连锁反应。世界的美好，因此而摇曳在一杯温开水之中。

粉红色的信笺

忘不了我一伸手时，她脸上的惊慌。像只受惊的兔子，两只大眼睛无处转移了视线，扑棱棱地乱撞着。手攥得紧紧的，一抹潮红，像水滴在宣纸上，迅捷洇满她青春的脸庞。

那是高考前夕，学生们都低头在自修，每颗脑袋都像极饱满的向日葵，沉甸甸地低垂着，是丰收前的一种沉重。我在课桌间来回转着圈，不时解答一两个疑问。在这期间，她一直目不斜视地坐在座位上，快速地写着什么。她面前摊着课本，但我还是在那课本下轻易就发现了一张粉红色的信纸，纸上飘着点点梅花，雪花似的。她的字一个一个落到那上面，也如同盛开了的小花。我站她身后看好一会儿，确信她写的东西完全与学习无关。所以，在她即将写完的时候，我含笑地向她伸出手去。

给我——虽是温柔的低声的，但却不容置疑。她愣怔半天，慢慢把手上的东西递过来。

教室里平静如常，没有学生注意到这边的这一幕。我把那张纸小心地折叠好，然后又递给她，我笑说，青春的东西，要收收好。她很意外，吃惊地看着我，我俯过头去，耳语般地对她说，老师也曾青春过，这也曾是老师的秘密。然后直起身来，轻轻拍拍她的肩，对她微笑。她脸上的表情开始放松了，最后舒展成一个灿烂的笑，像三月的桃花。我对她点点头，我说，看书吧。她听话地翻开课本，一脸的释然。

半年后，我收到一封从一所名牌大学寄来的信，是她写的。信纸是我见过的那种，粉红色的，上面飘着点点梅花，雪花似的。她在信中写道，老师，感谢你用最美丽的方式，保留了我青春的完整。当时我以为我完了，我不敢想象那后果，我以为接下来该是全班同学的嘲笑，该是校长找了谈话，该是家长到学校来。真的那样之后，我还能抬起头来吗？我不敢想象我还能心态正常地参加高考。最后她写道，老师，谢谢你，给了我一个台阶，一个最堂皇的理由。

青春的岁月里，原是少不了一些台阶的，得用理解、用宽容、用真诚去砌，一级一级，都是成长的阶梯。

你不是个坏孩子

一个自称叫陈小卫的人打电话给我，电话那头，他满怀激动地说，丁老师，我终于找到你了。

他说他是我十五年前的学生。我脑子迅速翻转着，这么多年的教学生涯，我换过几所学校，教过无数的学生，实在记不起这个叫陈小卫的学生来。

他提醒我，记得吗，那年你教我们初三，你穿红格子风衣，刚分配到我们学校不久？

印象里，我是有一件红格子风衣的。那是青春好时光，我穿着它，蹦跳着走进一群孩子中间，微笑着对他们说，以后，我就是你们的老师了。我看到孩子们的脸仰向我，饱满，热情，如阳光下的葵。

我当时就坐在教室最北边一排啊，靠近窗口的，很调皮的那一个，经常打架，曾因打破一块窗玻璃，被你找到办公室谈话的。老师，你想起来没有？他继续提醒我。

是你啊！我笑起来。记忆里，浮现出一个男孩子的样子，隐约着，模糊着。他个子不高，瘦瘦的，眼睛总是半睨着看人，桀骜不驯。经常迟到，作业不交，逃学打架，甚至还偷偷学会抽烟。刚接他们班时，前任班主任特意对我着重谈了他的情况：父母早亡，跟着姨妈过，姨妈家孩子多，只能勉强管他吃穿。所以少教养，调皮捣蛋，无所不能。所有的老师一提到他，都头疼不已。

老师，你记得那次玻璃事件吗？他在电话里问。

当然记得。那是我接手他们班才一个星期，他就惹出一件事来，与同桌打架，打破窗玻璃，碎玻璃划破他的手，鲜血直流。

你把我找去，我以为，你也和其他老师一样，会把我痛骂一顿，然

把我姨妈找来，赔玻璃。但你没有，你把我找去，先

了伤口，还问我疼不疼。后来，你找我谈话，笑眯眯

不要再打架了，你打了人，也会让自己受伤的对不

没要我赔偿，是你掏钱买了一块重安上的。他沉浸在

日日时光，飞花一般。隔了岁月的河流望过去，昔日

。他突然说，老师，你做的这些，我很感动，但真

当时说的一句话。

让我猜是哪句话，我猜不出。他开心地在电话那头

我说的是，你并不是个坏孩子哦。

句话，却让他记住了十五年。他说他现在也是一所

找调皮的孩子谈话，然后笑着轻拍一下他们的头，

不是个坏孩子哦。

的人来说，或许如行云掠过。但对于听的人来说，

生。

玫瑰的谎言

玫十八岁，念高三。

玫长相一般，成绩一般，性格沉静，在沉静中略略带了些自卑。这样的玫不显山不露水，很容易被人忽略。

繁重的学业下，孩子们的梦想更贴近现实，目标只有一个，那就是——考上大学。玫也做这样的梦，她的愿望不高，她只想考个一般性的大学，毕业后，能进一家普通的公司，做个小职员，她也就心满意足了。

高考眼看着临近了，大有剑拔弩张之势。老师为调节学生们的情绪，规定每天黄昏，所有学生必须到操场上跑步。玫也混在里面跑，大家笑闹着，近距离里，平日里疏远紧张的气氛没有了，青春恢复成一只只扑棱着翅膀飞翔的鸟。

这天，又迎来一个饱满的黄昏，又迎来奔跑着的青春着的一群。玫混在同学们中间跑着跑着，突然一个趔趄，站立不稳，面色苍白地倒了下去……

玫住院了。是白血病，晚期。玫自己不知道，大家都统一口径，说她患了营养不良综合征。玫自是深信不疑，因为她的父母都收入不高，她平日里总是过得很节俭，尤其在吃方面。

同学们一拨一拨地来看她，他们给她买布娃娃，给她叠千纸鹤，甚至连平常几乎从未跟她说过话的同学，也跑来看她。她受到从未有过的重视，她真是开心，紧紧抱着同学们送来的布娃娃，对着同学们嘻嘻笑，说，生病真好啊。

班上最优秀的一个男同学，每天都一个人来，给她送上一枝红玫瑰。第一次送她的时候，她讶异得瞪大眼，不敢接。男同学温柔地笑，说，我和全班同学都希望你早日康复。她有些羞涩地接了花，嘱她的母亲，用清水养在她的病床头。她的心开始波光粼粼地跳，想，要是永远这样病着，也好。

她的身体越来越虚弱了，玫瑰花却一日一枝，从未间断。那艳艳的红，映着她苍白的脸，让她有种虚弱的美丽。她偷偷问前来看望她的同桌，一朵花代表什么意思？同桌笑，代表一生一世。她听了，悄悄甜蜜。

她走在一个风轻云淡的午后，走时，手中握着一枝红玫瑰，是那个男同学早上刚送过来的。她走得很安宁，熟睡般的，脸上泊一层淡淡的笑意，极满足的样子。

她永远也不会知道了，那每日一枝的红玫瑰，只是一群青春的孩子，为成全她人生的完美，而编织出的美丽的谎言。

青春底版上开过玉兰花

夏意儿念中学的时候，家离学校远，住宿。

每日黄昏，放学了，大多数同学都回家了，校园便变得空旷而宁静。她会抓一本书，去操场边。黄昏温柔，金粉一样的光线，落在一棵一棵的树上。是些广玉兰，五月开花，能一直开到九月，这朵息了，那朵开，碗口大的花，白而稠。就那样开得烈烈的，又是悄悄的。她会倚了树，背书，心淹没在那些金粉里，美好，安静。

某一日，她的安静，突然被操场上一阵一阵的欢叫声给打断了。那是一些男老师，在操场上打篮球。在那些男老师中，她一眼看到他们年轻的语文老师，正迎着夕阳的方向跑。他看上去，像骑着一匹金色骏马的王子，英俊极了。她只听见自己的一颗心，“嘭”的一声，开了花。

自那以后，她开始留意他。他的声音好听。他走路的姿势好看。看他的一颦一笑，那么近，又那么远。她的心，开始了忧伤。学习却格外努力起来。最喜欢语文考试或写作文，每次在全年级她都遥遥领先，让他的眼睛里，有了骄傲。他跟别班的语文老师说，我们班的夏意儿，语文好得没说的。她站在他边上，听着这话，微低了头笑，心快乐得要飞。他转身看她一眼，点点阳光洒过来，他说，继续保持啊夏意儿。她认真地点头，把这当作是她对他的承诺。

端午节，她特地跑回家，央母亲包多多的粽子。母亲问，要那么多吃得下吗？她说，带给同学吃呢。母亲包粽子时，她在一边相帮，挑又大又红的枣，一颗一颗洗净了，和在糯米里。母亲笑话她，这么小的丫头，就知道吃了。她不言语，只是笑。第二日，天微微亮，她就赶到学校。他的宿舍门紧闭着，想他还在睡梦里吧。她把精心挑出的一袋粽子，轻轻放在他宿舍门口。

后来他在班上，笑问全班学生，哪个同学给我送粽子了？同学们愕然，继而都望向他笑着摇头。她也在其中，笑着摇头。他的目光，落向她又掠过她，他说，粽子我吃了，非常好吃，谢谢你们啦。

课后，同学们很是热烈地讨论了一回，到底谁给老师送粽子了？谁呢？她静静坐在一边，耳畔只是他的笑。他吃了她送的粽子呢，她因此，幸福得有些发晕。

元旦的时候，却传出他结婚的消息，教室里一下子沸腾起来，每个同学看上去都兴高采烈的。女生们争着打听他的新娘漂不漂亮，男生们则商量着给他买礼物。她一个人，跑去操场边，莫名其妙大哭一场。

再见到他，是几天后。许是新婚，他的脸上，有遮不住的甜蜜。同学们大叫，老师，要吃喜糖要吃喜糖喔！他笑着答应，好。下课，他站在教室门口叫，夏意儿，你来帮我拿一下糖。她坐在位子上没动，回，我肚子痛呢。他关心地走到她跟前，笑着问，没关系吧？要不要去看医生？她慌乱地一摇头，说，没事的。他后来叫了另一个同学去，捧来一大堆花花绿绿的喜糖，她把发到手的喜糖，转手给了同桌，说，我从不喜欢吃糖。同桌信以为真，很高兴地接了去。

她的语文成绩，自此一落千丈。

他很急，找她谈话。极温柔地看着她，他说，夏意儿，你知道吗，你是我任教的学生里，最聪明灵秀的一个，我希望我能有幸送你走进重点大学，那里，有属于你的金色年华。她的心里，突然就落下千朵万朵阳光，玉兰花般开放。

一颗爱的心，就此，轻轻放下。后来，夏意儿顺利考进重点大学，遇到了一个爱她的，亦是她爱的人。真的如他所说，她有了属于她的金色年华。

最后一片老房子

最后一片老房子，在小城的护城河畔。灰白的墙，黛青的屋顶。绿苔，狗尾巴草，还有间或的断壁残垣。无不诉说着年代的久远。

老房子并不惹眼，四周高楼林立，它们很容易被人忽略。像蜷缩在角落的一只灰黑色的猫。

年轻人不屑于住这样的房子，能搬的，都搬出去住了。只是些念旧的老人，执意要留在这儿。屋后有河，他们日常的洗洗汰汰，还是喜欢到那条并不很清澈的河里去。三两个老先生老太太，在洗洗汰汰中闲话一些家常，无非是你家今天吃什么了，或你家儿子最近有没有打电话回来。数十载的岁月都是这样过来的，仿佛，从不曾改变过。

外地人来小城打工，要租房，寻一圈，最后寻到老房子这儿来。看一眼，就喜欢上了。老房子多像慈眉善目的老祖母呵，能慰藉一颗漂泊疲累的心。房租实在便宜，他们很快谈妥，迅速搬进来。原本寂静的檐前，晾起一片衣衫。远远看着，像舞着的大蝴蝶。

有一对在菜市场卖生姜的山东夫妇，是老房子的老主顾了。老人们不怎么听得懂他们的话，都称他们为蛮子。他们笑笑，应了。

他们住下的第二年，年轻的女人怀了孕，每日里腆着个大肚子进进出出。老人们不时善意提醒，走路慢一点，不要摔着了。家里若有了好吃的，老人们会匀出一份来，送给女人吃。他们憨憨笑，没什么报答，就往每家送些生姜。

不久，女人回山东待产。再来，怀里已抱着一个咿呀学语的小男孩了。老人们没事的时候，爱逗逗那个小男孩，叫他小蛮子。转眼间，小男孩已长至三四岁，有着溜圆的眼，每日里像只撒欢的小狗，在老房子中间窜来窜去，看到什么都好奇，大声笑，快乐得不得了。老人们在檐前择菜，望着那快乐的孩子，他们也笑，感叹着日子过得真快啊，小蛮子都长这么大了。

以为老房子会永远在那儿，但一日，这里却传出拆迁的消息。老人们再不能住下去了，东西被清理出来，旧的箱箱夜夜，不舍得扔掉，都被装上车，里面不知藏了多少年华多少梦。

那对山东夫妇也要走了，神情里，有说不出的忧伤。老人们过来抱抱小蛮子，问他们今后的打算。他们说，想回山东老家。老人们说，也好，长期在外泊着，也不是个事。再说，小蛮子也快进学校上学了。

孩子没有忧愁，挥着小手，跟老人们说再见。老人们这个给十元，那个给五元，硬是塞给孩子一些钱，说是留待孩子上学时买买笔啊纸的。夫妇两个感动得想下跪，吓得老人们赶紧去扶，说，做了这么多年的邻居，是缘分呢。

该走的，都走了。老房子一下子空了。有鸟最后从屋顶上空飞过。有最后一缕阳光，落在上面。午夜梦回，全城的人，都听到“轰”一声绝响，老房子倒下了。

好在还有记忆，可以收留。曾经，这里有过最后一片老房子，里面，住过最朴实的美好。

格桑花开的那一天

在进入了无人烟的大草原深处之前，他的心，是空的。他曾无数次想过要逃离的尘世，此刻，被远远抛在身后。他留恋它吗？他不知道。

远处的雪山，白雪盈顶，像静卧着的一群羊，终年以一副姿势，静卧在那里。鸟飞不过。不倦的是风，呼啸着从山顶而来，再呼啸着而去。

他想起临行前，与妻子的那场恶吵。经济的困窘，让曾经小鸟依人的妻子，一日一日变成河东狮吼，他再感觉不到她的一丝温柔。这时刚好一个朋友到大草原深处搞建筑，问他愿不愿意一同前去。他想也没想，就答应了。从此，关山路遥，抛却尘世无尽烦恼。

可是，心却堵得慌。同行的人说，到草原深处后，就真正与世隔绝了，想打电话，也没信号的。他望着银灰色的手机，一路上他一直把它揣在掌心里，揣得汗渍渍的。此刻，万言千语，突然涌上心头，他有强烈倾诉的欲望。他把往昔的朋友在脑中筛了个遍，也找不到一个可以说话的。他亦不想把电话打给妻，想到妻的横眉怒目，他心里还有挥不去的阴影。

后来，他拨了家乡的区号，随手按了几个数字键，便不期望着有谁来接听。但电话却很顺利地接通了，是一个柔美的女声，唱歌般地问候他，你好。

他慌张得不知所措，半晌，才回一句，你好。

接下来，他也不知哪来的勇气，不管不顾对着电话自说自话，他说起一生的坎坷，他是家里长子，底下兄妹多，从小就不被父母疼爱。父母对他，极少好言好语过，唯一一次温暖，是十岁那年，他掉进水里，差点淹死。那一夜，母亲把他搂在怀里睡。此后，再没有温存的记忆。十六岁，他离开家乡外出打工，省吃俭用供弟妹读书，弟妹都长大成人了，过得风风光光，却没一个念他的好。后来，他凭双手挣了一些钱，娶了妻，生了子，眼看日子向好的方向奔了，却在跟人合伙做生意中被骗，欠下几十万的债。现在，他万念俱灰了。他一生最向往的是大草原，现在，他来了，就不想回了，他要跟这里的雪山，消融在一起。

你在听吗？他说完，才发觉电话那端一直沉默着。

在呢。好听的女声，似春风，吹过他的心田。

她竟一点也没惊讶他的唐突与陌生，而是老朋友似的轻笑着说，听说大草原深处有一种很漂亮的花，叫格桑花的。

他沉重的话题里，突然的，有了花香在里头。他笑了，说，我也没见过呢，要等到明年春天才开的。

那好，明年春天，当格桑花开了的时候，你寄一束给我看看好吗？她居然提出这样的要求。

他的心，无端地暖和起来……

后来，在草原深处，无数的夜晚，当他躺在帐篷里睡不着的时候，他会想起她的笑来，那个陌生的、柔美的声音，成了他牵念的全部。他想起她要看的格桑花，他想，无论如何，他一定要好好活到明年春天，活到格桑花开的那一天，他答应过她，要给她寄格桑花。

这样的牵念，让他九死一生。一日，大雪封门，他患上了重感冒，躺在帐篷里奄奄一息。同行的人，都以为他撑不过去了。但隔日，他却坐了起来。别人都说是奇迹，只有他知道，支撑他的，是梦中的格桑花，是她。

还有一次，天晚，回归。在半路上与狼对峙。是两只狼，大概是一公一母，情侣般的。狼不过在十步之外，眼睛里幽幽的绿光，快把他淹没了。他握着拳头，想，完了。脑子中，一刹那滑过的是格桑花。他几乎要绝望了，但却强挺着，一动不动地看着狼。对峙半天，两只狼大概觉得不好玩了，居然头挨头肩并肩地转身而去。

他把这一切，都写在日记里，对着陌生的她倾诉。他不知道，在遥远的家乡，那个陌生的她，偶尔会不会想到他。这对他来说不重要了，重要的是，他答应过她，要给她寄格桑花的，他一定要做到。

好不容易，春天回到大草原。比家乡的春天要晚得多，在家乡，应该是姹紫嫣红都开遍了吧？他心里，还是有了欣喜，他看到草原上的格桑花开了，粉色的一小朵一小朵，开得极肆意极认真，整个草原因之醉了。他双眼里涌上泪来，突然地，很是思念家乡。

他采了一大把格桑花，从中挑出开得最好的几朵，装进信封里，给她寄去。随花捎去的，还有他的信。在信中，他说起在草原深处艰难的种种，而在种种艰难之中，他看到她，永远是一线光亮，如美丽的格桑花一样，在远处灿烂着，牵引着他。他说，我没有姐姐，能允许我冒昧地叫你一声姐姐吗？姐姐，我当你是荒凉之中甘露的一滴！

她接信后，很快给他复信了。在信中，她说她很开心，上天赐她这么一个到过大草原的弟弟。她说格桑花很美，这个世界，很美的东西，还有很多很多，让人留恋。她说，事情也许并不像他想象的那么糟糕，如果在草原里待腻了，还是回家吧。

这之后，他们开始信来信往。她在他心中，成了圣洁的天使。一次，他从一个草原迁往另一个草原的途中，看到一幅奇异的景象：在林林总总的山峰中，独有一座山峰，从峰巅至峰底，都是白雪皑皑璀璨一片的，而它四周的山峰，则是荒凉光秃着。他立即想到她，对着那座山峰大喊着她的名字。没有一个人会听到他的喊叫，甚至一棵草一只鸟也不会听到。他为自己感动得泪流满面。

他把这些，告诉了她。忐忑地问，你不会笑我吧？我把你当作血缘之中的姐姐了。她感动，说，哪里会？只希望你一切好，你好，我们大家便都好。

这样的话，让他温暖，他向往着与她见面，渴盼着看到牵念中的人，到底是怎样的模样。她知道了，笑，说，想回，就回呗，尘世里，总有一处能容你的地方，何况，还有姐姐在呢？

他就真的回了。

当火车抵达家乡的小站时，他没想到的是，妻子领着儿子正守在站台上，一看到他，就泪眼婆娑地扑向他。一年多的离别，妻子最大的感慨是，一家人守在一起，才是最真切的。那一刻，他从未轻易掉的泪，掉落下来。他重新拥抱了幸福。

他知道，这一切，都是她安排的。他去见她，出乎意料的是，她竟是一个比他小好多岁的小女人。但这又有什么关系呢？在他心中，她是他永远的姐姐。他站定，按捺不住激动的心，问她，我可以拥抱一下你吗？

她点头。于是他上前，紧紧拥抱了她。所有的牵念，全部放下。他在她耳边轻声说，姐姐，谢谢你，从今后，我要自己走路了。回头，是妻子的笑靥，儿子的笑靥。天高云淡。

尘世里，我们需要的，有时不过是一个肩头的温暖，在我们灰了心的时候，可以倚一倚，然后好有勇气，继续走路。

一束薰衣草

当车子上到三千米高原上的时候，我的呼吸变得急促起来，鼻子亦开始出血。我开始后悔这趟旅行，怎么一个人，就这样不管不顾地跑出来了？

同车的人，要么是一家一起出来的，要么是单位组团出来的，就我一个，形只影单。在几千里外的云南，我开始孤独起来，强烈想家，想得眼睛疼，伸手抚，竟抚了一手泪。偏偏身边坐着的上海女人，一路上一直呱呱个不息，看到窗外的牦牛要惊叫，看到藏人的房子要惊叫……在实在没有什么东西可以惊叫了时，她就不停地嗑瓜子，或是跟前面的上海人吧吧着说话，一阵一阵的笑声，冲击着我脆弱的神经。

我对她印象不好，还不止于此。在刚上车时，她还因座位靠后，跟导游大吵一架，说，一样给的钱，凭什么她就坐后面？搞得那个年轻的小伙子，一脸灰灰的，询问我们，要不，抓阄吧？最后就真的抓了阄，她很不幸，又抓到最后的位置，这才没话了。

去草甸。一群藏人小孩抱着羊跑过来，黑黑的脸上，眼睛星星般亮着。他们说，一块钱就可以跟他们其中一个拍合影，随便怎么拍。我觉得便宜至极。上海女人却跟他们讨价还价，说，要拍，就和他们所有小孩一起拍，还有所有的羊，给一块钱。我很不屑于她的表现，走开去了。她在我身后喂了两声："喂，你不拍吗？"我摇摇头，去看远处的山。

大家一起去逛古街。有老妇兜售银首饰。上海女人一个一个试戴，不停问："是假的吧？"一边狠狠地砍价，最后，却没买。搞得老妇忙活半天，一无所获。我实在不忍看到老妇失望的眼神，遂跑过去买了一只银镯。上海女人一脸不屑，边走边丢话："不要买，这是假的。"我冷冷瞅她一眼，她别过头去，不看我，赶她的那帮上海人去了。

导游领大家去路边饭店吃饭。高原的饭硬，米粒都是松散的。导游在这之前，已经打过招呼了，说高原上的水温只能烧到八九十度，饭不大能煮熟。大家都表示可以理解。只有上海女人不，她在饭桌上大发牢骚，说导游这不是坑人嘛。她嫌菜不好吃，饭不好吃，最后，跑门外去买了烤苞谷来啃。是导游付的钱。后来在车上，她跟她的那帮上海人嘀咕："我们去吃饭，导游拿回扣的。"我在心里想，这样一个女人，精明到家了，是个输不起的，还是离她远点的好。一路上，我闭眼假寐，不与她搭一腔。她当然也不跟我搭腔，神情举止里，都有对我这个苏北人的睥睨。

去一峡谷玩。人多。导游关照大家，按布置好的路线走，不要随便乱跑，跑丢了，不好找。上车时，她却没到。于是一车人下去找，本来要去的景点，也只好推迟去了，导游急得额上冒汗。她却没事人似的，从远处慢慢晃来，手上举一束花，"是薰衣草呀！"她夸张地叫。

去藏人家。藏人很热情，端出酥油茶，还有奶酪。还有一种酥饼，很脆很甜。她吃着那酥饼，左右环顾，说："好吃。"一边就打开了随身携带的包，趁人不注意，把一盘子酥饼，全倒进她的包里面。

我的额头两边跳着疼，疼得极厉害，我只希望快快从藏人家里出来，回旅馆睡觉去。她却玩兴很高，嚷着要跳篝火舞。我实在忍不住了，找到导游，让车子送我一个人先回。也有一些人要回去，说是吃不消了，高原反应厉害。导游犹豫，说："要不，大家都回吧。"上海女人瞥过来，说："这个项目我们给了钱的呀。"钱当然是给了的，六十元一个人，其中就有跳篝火一项。导游说过，如果夜晚天不下雨，就跳。天却下起蒙蒙的雨，虽说是夏天，高原的夜晚，却冷得蚀骨。最后，由于上海女人的坚持，篝火照跳不误。我走时，一帮人正跳得兴高采烈。

我一个人在房间里，独自难受。口腔也溃烂了，我已有两天没好好吃东西了，实在不知道，第二天我还能不能起床，我还有没有精力支撑自己，把余路走完。那个时候，我心里是布满疼的，像个被世界遗弃的孩子，没有人注意到我，更没有人会怜惜我。红红的篝火，是别人的欢乐。

半夜里正暗自神伤，忽然听到敲门声，我听到上海女人的声音："喂，你开门呀，是我呀。"我下床打开门，上海女人风一样卷进来，说："来看看你，一个人怎么跑这么远？没人照应是很危险的。"上海女人边说边从包里掏出一些东西来，我定睛细看，竟是她藏在包里的酥饼。"我看你这两天都没好好吃饭，这酥饼，很软和，也很甜，可以补充糖分，你吃一点吧。多吃糖，可以抵挡高原反应的。"再掏，竟是一束薰衣草，她看着惊愕的我笑："它有安定的功效。你放床边，一夜能睡个安稳觉。睡安稳了，明天精神就会好些。"

我脑子还没转过弯，那束薰衣草，已放到我枕旁，蓝紫的花，散出幽幽的香。"我曾到高原来过一次，熟悉呢，高原反应也就是头几天，慢慢就适应了。你不要怕。"她说。然后看看愣怔的我，转身走，边走边打着哈欠，说："累了，今天玩累了，我要去睡了。"

我吃了她给的酥饼，闻着枕边的薰衣草，安然入梦。第二天醒来，头竟不疼了，嘴里的溃烂也愈合了不少。我想对她说声谢谢，她却对我淡淡的，仿佛我与她之间，什么事也没发生过。她还是跟她的上海人扎堆，说着藏人卖的银饰是假的，高原的饭菜不好吃，导游拿回扣之类的话。

一星期后，我们这一个团的人，离开云南，开始返程。机场门口，她跑去买了一条大红披肩，披在身上。“好看吧？”她问我。我微笑点头。有人告诉她，这个，才真的质地不好呢。她不以为然，说：“我只要好看。”临别，她塞我一张纸条，纸条上，写一行数字，是她的手机号。“你若来上海玩，打电话给我，你只要喂一下，我就知道了，我免费做你的导游。”

我笑了，想这一路上，我从不曾正眼打量过她，我们之间简短的对话里，也只是喂啊喂的，她不知道我的姓名，我也不知道她的。却在分别的那一刻，从心里升起一股依恋来，暖暖的，包裹着我的心。我想拥抱她一下，但最终没有。她对我笑笑，我对她笑笑，我们轻轻挥了一下手，就淹没到各自归程的人群里。

从云南，我带回两样东西，一是一只银镯，一是一束薰衣草。银镯现在已发黑生锈了，果然的，是假货。薰衣草却一直蓝紫着，小朵的花，散出幽幽的香。

爱的延续

女人曾有个和美的三口之家，丈夫，儿子，她。他们其乐融融，是寻常人家的幸福。

然不幸的是，儿子四岁那年，丈夫突患疾病走了。女人的日子，陡地被架空，她痛苦得恨不得跟了丈夫走。儿子稚嫩的小手，牵住了她。她想，她不能绝望，她还有个儿子呢。

儿子成了女人的天，日子里再多的苦，都不觉得苦了，只要每天看到儿子的笑脸。为了儿子，女人甚至没再嫁人。心头有个信念在支撑，就是一定要把儿子好好培养成人，到北京念大学。那也是丈夫活着时所期望的。

儿子一天天长大，长成一个开朗阳光的小伙子。高考时，儿子顺利地考上北京一所名牌大学。女人脸上早早爬上的皱纹，于那一刻，全部舒展开来。她对着丈夫的遗像，喃喃地说："你看你看，我们的儿子多有出息啊。"欢喜的泪，一滴一滴往下淌。

大一这年暑假，儿子从北京回来度假。一年没见，儿子变得伟岸起来，身上充满朝气。儿子对她说："妈妈，我以后要留在北京工作，在北京买个大房子，把你接过去住，让你天天去看天安门。"女人听了，笑，笑出泪来。她的心里，充满了做母亲的幸福和自豪。

儿子的暑假快结束时，灾难突然降临。那天，儿子愉快地告诉女人，他要上街去买点土特产带给同学。这一去，竟成永别。半路上，儿子被一辆飞驰的摩托车撞倒……

女人哭得惊天动地，肝肠寸断。旁边围观的人，没有不陪着落泪的，一边替她抱不平，说："你儿子行走的路线一点没错，都是那个开摩托车的横冲直撞。"

女人坚持要见肇事者，那个时候，她是恨不得要把他碎尸万段的。

肇事者在这场事故中，也受了重伤，已被送进医院。女人在他人陪同下，去了医院。隔着玻璃门，女人看到撞她儿子的年轻人，一张还带稚气的脸上，沾满血污。旁边坐一妇人，正在号啕，一边哭一边说："儿呀，你怎么闯了这么大的祸呀？你的眼睛瞎了，以后怎么活啊……"

从医生那里，女人了解到撞他儿子的年轻人，眼睛受伤太重，将面临失明。女人心里顿感百味杂陈，号啕着的妇人那痛苦的样子，在她眼前挥之不去。她知道一颗做妈妈的心。女人瞬间做出一项决定，她要把儿子的眼角膜，捐献给那个年轻人。

没有一个人理解她的行为，大家都认为她是气疯了。有好心人出面阻挠，说："是他撞死了你儿子，你这样做，你儿子会死不瞑目的啊。"但女人却坚持着自己的选择，流着泪在捐献单子上签下她的名字。

不久后的一天，女人的家门，被一个年轻人敲开。年轻人看见女人，二话没说，"扑通"一声就跪下了，他饱含深情地冲她喊了一声："妈妈！"

女人扶起年轻人，泪眼蒙眬中，女人看到，她的宝贝儿子回来了。儿子明亮的眼睛，晶莹得像天上的星。

最后一朵凌霄花

最后一朵凌霄花，开在我每天上下班必经的路旁。季节已深秋了，原先满墙头闹纷纷的凌霄花，已相继凋落，墙脚边，铺一地橘红。高高的墙头上，只剩下这一朵了，在日渐稀少勉强还绿着的叶子们中间，分外夺目。像一粒火。艳。孤艳。

一日一日，墙头的那朵花，都在努力艳着。就一朵。我每每走过，都要替它担着心，它就要掉落了吧？

风一日紧似一日，吹着寒。天空变得又高又远，阳光浅淡起来。间或地，会下雨。那雨一下起来，就没完没了，淅淅沥沥。大地呈现出衰败之相，虫子们都紧着找着洞穴藏。我也开始翻找冬天的衣裳。

一直惦念着那朵花。有时，正做着某桩事，心念儿忽然一转，就想到它，它怎么样了呢？有时，闲坐着喝茶，耳旁飘过歌声，是一首名叫《兰花草》的歌，歌唱得幽幽的："一日看三回，看得花时过。兰花却依然，苞也无一个。"无果的等待，最折磨人。而更折磨人的是，明知道无果，还要等待。

幸好，墙头的那朵凌霄花，还在开着。

偶尔去一个网站逛，是一个诗文网站，那里聚集着不少能文会诗的人。其中，一个女孩的文字深得我爱。她用她的文字，诉说着生命中的喜怒哀乐，真实可亲。她喜欢植物，喜欢孩子，经常去福利院做志愿者，跟一些智障孩子吃住在一起。她教他们唱歌，陪他们玩耍，亲切地称他们为泥娃娃。她自己亦有个孩子，患有严重哮喘，见不得风。她戏称他，玻璃娃娃。她常写些和孩子的趣事，与病斗，在她，也是其乐无穷。

这样一个美好的女孩子，某天，却在博客上贴了一封诀别信《我就在你心里》，断然消失。

再不见她更新。她的那一页，一日一日沉默着，像枯竭了的河。她的照片，定格在那里。照片上，她穿着洁白的裙衫，梳着两根现时不多见的黑黑的长辫子，俯身在一丛植物前，笑露出两排洁白的牙齿，宛如一朵莲。生命看上去如花似玉，她为什么要拒绝继续绽放？没有人能回答。好多时候，坚持有坚持的理由，放弃有放弃的理由，冷暖自知。

每天都有朋友前去她的博客留言。一天，我再次去，见到这样一则留言：

妞，看到了吗？我，我们，在想你！

电脑前，我默默地看，看得心里绞痛一片。我突然好想握握朋友们的手，不为别的，只为问候一声，亲爱的，你还好吗？我们都要好好的啊。

跟一个人讲一对老人的故事。那是在我上下班的路上，来来往往的人群中，常碰到他们。老妇人端坐在轮椅上，皮肤白皙，面容安详。老先生花白着头，微微曲着腰，笑眯眯地推着老妇人往前走。他们有时是去喝豆浆。有时是去品尝新开张的小吃店里的小吃。有时，只是出来看看街景。听人说，老妇人已瘫痪三十年。

三十年的光阴，足以磨去一个人的耐心。然而，她没有拒绝活着，他没有漠然离开。

我想，这才是生命最好的姿态吧，即使行至山穷水尽，也绝不放弃。如深秋的墙头，最后那朵凌霄花，迸发出生命里，最美的颜色。

幸福的黄昏

这个黄昏，本来没什么特别的，只是一个夏日的黄昏，普通的，正常的。白天的暑热，渐渐消去，炽烈的太阳，温柔成一枚红果子，挂在天边。起风了，有些凉爽。

我从一家医院的宿舍区经过。那是一些老平房，青瓦盖顶，白石灰抹墙。年代久了，那些白石灰，都成灰石灰了，东一块西一块的，看上去很斑驳。门口的地面上，铺着砖块。很不规则的砖块，硌人的脚，过路的人得时时小心脚下。砖缝里，却钻出不少的小草，尖着小脑袋，舞着小胳膊小腿的，欢喜地绿着。听消息说，这地儿，快要拆迁了。但眼下，一家一家的，依旧住得挺安稳。

这个时候，家家都把小餐桌搬出来，桌面擦得干净。上面摆好碗筷，下酒菜也已准备妥当，一碟凉拌黄瓜，还有几只咸鸭蛋。或是一盘小炒，再烧一盘红烧鱼。有几家还端上了新煮好的嫩玉米棒，腾腾地冒着热气。

哦，嫩玉米棒上市了。

孩子们被祖父祖母带着，已洗好澡，身上拍着好闻的爽身粉。他们被祖父或祖母抱着，坐到桌旁，准备开饭了。

那人微笑着看，说："隔代亲的，天下有不爱儿子的父亲，却没有不爱孙子的祖父。"听后，莞尔。是真的呢，我祖父就极疼我的，小时的事自不必说，成年后，每趟回家，他必搬出所有好吃的，硬塞给我吃。那左不过是一些饼干糖果之类的，我早已不稀罕了。然每次，他都极认真地做着，像做一件很重大的事。那种爱，是爱到骨子里的。在这个黄昏，我很怀念他。我也仅能用怀念，来报答他老人家从前的好了。

这样看着，想着，有种宁静，突然摄住了心魂。鸟雀们飞过屋顶去。屋后长着一排一排高大的树，还有，一片草地。树是香樟和广玉兰。我实在喜欢极了那些广玉兰，开那么大朵的花，白绸缎似的。这朵息了，那朵开着，很大公无私地开着。一整个夏天，它们都在开着花。空气中，浸染着它的香。草地上，草长得茂密，少有人打理，那些草便更具了野性美。有爬藤植物，撒欢地爬到草地边的铁栅栏上，尽情地绿着。

天上的云。对了，那会儿，我抬头看天，惊讶地发现，天上的云，真是太漂亮了！我似乎是头一回见到，云朵也能漂亮成那样。像冬天满满开着的芦苇花，又像一捧捧蓬松的白羽毛。我简直被它惊呆了，就那么站着，看着，一动不动。我怕动一动，它们就飞了。——事实上，每个晴好的天，天上的云，都应该这般漂亮的吧？是我错过了。我错过的何止是这个美丽的黄昏。日复一日，在一些琐碎里奔跑、沉沦，患得患失，千头万绪，有诸多的不开心不如意。现在想想，那不过是一些额外的欲望罢了。欲望越多，烦恼越多。人生的许多烦恼，多半是自找的。

我想起故去的一个朋友，朋友是被肝癌夺去生命的。他生前是一所中学的校长，成天马不停蹄的，言必谈工作。他躺倒之后，感触最大的是，他有好多地方，都没来得及去走。他有好多风景，都没来得及去看。

他病重期间，我去医院看他。那个时候，他已咽不下食物了，却一直不肯相信，自己真的得了绝症。我带了一袋鸭梨去，并不指望他能吃，也只是礼节性地做做样子罢了。他看着鸭梨，眼睛突然亮了，说，这梨，一定很甜，你给我削一只吧。我给他削了一只，切成小片，喂他。他异常努力地吞咽着，每吞咽一口，都要歇上好几分钟。看着他艰难的样子，我实在不忍心，劝他："过一会儿再吃吧。"他却拗着劲，坚持说："不。"最终，一只梨子，被他吞下去了，用去两个多小时。他高兴得像个孩子，逢人便说："我能吃一只梨了，我能吃一只梨了。"大家恭喜他："啊，真不错啊，能吃一只梨了。改天，你可以吃一碗饭了。"他笑了，脸上现出幸福的红晕来，看得人心酸。对他而言，那个时候，能吃下一只梨，便代表了他还有资格活着。活着，就是最大的快乐。

想想日常之中，我们都拥有这样的快乐啊，却从不知珍惜。这个黄昏，我在这家医院的宿舍区，看着路边的树，看着开好的花，看着平房里进进出出的人，看着天上的云……心里被一种情绪装得满满的，满得很了。那种情绪叫什么呢？我微笑着想，想不出，却对身边的他冲口而出，我说："真幸福啊。"说完，我发现了，那种情绪，原来叫幸福。

幸福就这样降临了，降临在这个普通的黄昏。是鸟飞过，是云飘着，是叶绿，是花开，是家常的一碗凉拌黄瓜……而我，拥有明亮的双眼，可以把这一切看个分明。

不由得想起认识的一个女孩，女孩长得很胖，别人都笑她的胖，以为她会愁。谁知她不，整天蹦蹦跳跳的，快乐得很。问她哪有那么多的乐啊。她笑，说："我胖，我喜欢。我为什么要愁啊？我能吃能睡，多么幸福！"

是的，这世上大概没有比能吃能睡更幸福的事了。如此想来，我们都拥有大幸福。

细小不可怜

遇到细小，有些突然。年前回老家，看望母亲，刚进村口，她迎面走过来，着一件褪色的红色羽绒衣，脸庞瘦削，岁月风蚀的印迹，很重。看见我，她眼睛里跳出惊喜，梅姐姐，你回来啦？

我愣一愣，定定地看着她。说实在的，我没认出她。

她并不介意我的遗忘，很灿烂地笑，眼睛弯成小月牙，眼角的皱纹，堆成一堆褶子。她说，我是细小啊。

细小？记忆一下子扑面而来：低矮的茅草房。咳嗽的女人。木讷的男人。还有一个瘦小的小女孩。

那是细小和她的家，是村子里最穷的人家。

细小的母亲，一年到头病着。穿一件绛色的绸缎衣，脸色苍白地倚着家门，咳嗽。她身上那件乡村里不多见的绸缎衣，引发我们的好奇，私下里觉得，她是个不一般的女人。我们远远地看她，看见细小搀着她出来，然后搬了凳子把她安置下来。细小给她捶背。细小给她梳头发。细小在她身边又唱又跳。她虚弱地微笑，苍白的脸上，现出绵软的慈祥来。身后低矮的茅草屋，陈旧破败，却跳动着无数阳光。天空好像一直晴朗着，永远是春天的样子，静谧且安详。

也见到细小的父亲，那个木讷得近乎愚笨的男人，背驼得恨不得趴到地。听大人们说，他之所以能娶到细小的母亲，原因是他家庭成分好。那是个讲究成分的年代。而细小的母亲，是大地主家的女儿。

他总是趴在地里劳作。细小做好饭了，站在田埂头叫他，爸爸，家来吃饭啦。他应一声，哦。慢吞吞地往家走，他的前面，奔跑跳跃着快乐的细小。这场景，总引得村人们驻足看一会儿，笑叹，这丫头。是赞赏了。

细小念过两年书吧？不记得了。听她用普通话念过“天上的星星亮晶晶”之类的句子，她把它念得像唱歌。她念着它去割羊草，她念着它做饭洗衣裳。

不知从哪一天起，我们极少再注意到她了，我们有自己快乐的圈子，都是些读书的孩子，上学了一起唱着歌儿去，放学了一起踢毽子跳绳玩，那里面，没有细小。

再注意到细小，是她出去卖唱。大冬天里，雪一场一场地下，我们都围着小火炉取暖，细小却出发了，带着她木讷的父亲，到周围的一些村子里。去时两手空空，回来时，却肩背手提的，都是细小唱小曲儿换得的报酬——一些米面和馒头。足可以让他们一家，度过一个冬天的饥寒。

我后来出去读书，在外工作，有关细小的一些，遥远成模糊。偶尔回家，跟母亲闲扯村里的人和事，会提及她。也只是零星半语。知道她母亲后来死了。知道她嫁到外村，嫁了个不错的男人……也仅仅这些，说过就说过了，似乎已到结局。而且，这个结局似乎并不赖。

这次意外相逢，使我重又把她当作话题，跟母亲聊。母亲叹，这孩子命苦啊。母亲这一叹，叹出细小一段更为坎坷的人生来。命运并不曾眷顾她，她嫁人后，没过几天安稳日子，男人出车祸瘫了。那个时候，她刚怀有五个月的身孕。人们都以为，年纪轻轻的她会离婚改嫁，她却选择留下来。她给男人生了个儿子，挑起养活一家人的担子。她去捡废品。她去工地上打零工。她拿了手工活，半夜做……

我离开老家前，又碰到细小。她回来，是打算把她父亲接到身边去照料的。我很唐突地问她，细小，过得很苦吧？细小稍稍愣一愣，笑了，眼睛笑弯成一弯小月牙，她说，梅姐姐，苦什么苦啊，我过得很好的，我儿子都上小学三年级了呢，成绩蛮好，老师都夸他。她的语气里，有自豪。

我却放不下她。再回老家，我带了一些儿子不穿的旧衣，还买了一些练习簿，托人捎给她。在我，是存了同情的心，想她儿子，会用得着的。隔些日子，她竟托人带来一篮子鸡蛋，捎来话，她说，永远记着梅姐姐的恩情，细小不可怜，细小生活得很好，请梅姐姐放心。

她实在，是个不需要别人怜悯的人。她的心中布满阳光，再多的灰暗，也会变得灿烂。

萍的泪，落在哪里

我一直一直，不能忘了萍。

萍和我一样大。我们在同一个村子里出生，前后相差不过两小时。我是家里第二个孩子，上面有个姐姐。虽说我的到来，让父亲小小失望了一下，他是盼着有个儿子的。但父亲到底是读过书的人，说家有俩千金刚好凑成一吨，也是宝。对我很疼爱。萍的家里，却是另一番情景，她上面已有三个姐姐，她一落地，立即受到冷遇，不但父亲不喜，母亲也不喜。在以后成长的岁月里，她几乎都在冷遇中过着。

记忆里，萍总是剃着个光头，无论春夏秋冬。那光头上生满癞疮，密密麻麻，被太阳一晒，那些癞疮会往外流脓水。她身上的衣，脏得看不出布的底色。她在村子里晃，到东家门口撑撑，看看。又去西家门口撑撑，看看。村人们便觉得这孩子脑子不灵光。何况她家，又是村子里最穷的一家，也就难得获得尊重，大家便都喊她，呆萍。

萍不反抗。别人怎么叫她，那是别人的事情，她至多抬起眼，朝你看看，然后走开。她少有玩伴，村里的孩子，都嫌她头上的癞疮，也都被家里大人关照了，千万不要跟呆萍一块儿玩，不然，你们也会呆掉的。

我的家里人一向待人和善，特别是祖母，是个吃斋念佛的人。对萍，从来没有为难过。萍更多的时候喜欢来找我玩，提着一只破猪草篮子，倚着我家门框，看我祖母给我梳头。我那时留很长的头发，祖母给我辫一根长辫子挂在脑后。萍的眼睛跟着我祖母的手转动，上上下下，上上下下。祖母就叹气，说："丫头，你妈怎么不帮你洗洗头？生这么多癞疮，疼死了吧？"萍笑笑，抽抽鼻子，不说话。等我的辫子辫好了，她会伸过手来，轻轻摸一下，再摸一下。

有时我也提一只小篮子，跟萍一起去地里割猪草。萍会很高兴地在前面带路，脚趾头露在鞋外面，一路上，踢得泥土飞起来。到了地里，我们并不割草，而是找一条泥沟坐下来。春天的太阳好得很，晒得人身上冒油。我们坐在泥沟里晒太阳。两个人，很少说话，就那么坐着，很暖和。世界好静啊，没有人来打扰我们，仿佛只有太阳光，"扑扑"地往下掉。

萍有时会叹口气，很满足的，又很向往的。她说："我马上也可以留长头发扎小辫呢，我妈说的。"或者："我妈今天给我烙了大饼吃呢，放了好多葱花，好香。"又或者："我妈给我做了新鞋呢，可漂亮啦，鞋子上还绣了花呢。"改天，看到她仍穿着露着脚趾头的破鞋，我就问她新鞋在哪。她说："还没好呢，就快好了，在绣花呢。"过些日子，我们又一起坐在泥沟里晒太阳，她忽然很忧伤地告诉我，她那绣着花的新鞋放锅膛里烤着时，被烧掉了。"怎么要烤呢？"我问。大大奇怪起来，替她惋惜着。萍说："我不小心弄湿了它。"我信以为真，回家把这事告诉母亲听。母亲听了发笑，说："她那个懒妈妈，哪里会给她做新鞋穿？"

在我上小学的时候，萍的父母分居了，一河相隔，一个搬南岸去住，一个在北岸住。孩子是一分为二，大的跟了母亲，萍和另一个姐姐跟了父亲。本来的一家人，见了面，变得跟仇人似的。萍的日子，更不好过了。没有学上倒是其次，小小年纪，却要做饭洗衣，还要喂猪喂羊。手背上，常青一块肿一块的，是被酗了酒的父亲打的。

我放学回来，在屋后的竹林里念书，萍会倚在一棵竹上，痴痴听我念，而后叹，真好。她的头发开始长出来，黄黄的，稀稀拉拉的，蓬在头上。我教她写她的名字。萍很认真地用竹枝儿在地上划拉，一遍一遍地。“写”得有时忘了时辰，她父亲的大嗓门，嚷得恨不得全村都听见：“呆萍，死哪去了？”萍会悚然一惊，丢下竹枝，一溜烟跑回家去。

我读高中的时候，萍也长成大姑娘了，头发依然黄着，但已浓密了许多。一日我回家，萍找到我，说：“我要嫁人了。”屋后的竹叶沙沙沙，起风了。萍的声音，被竹叶声淹没了，萍说：“他说他会对我好的。”我无言地看着萍，我要考大学了，萍却要嫁人。

后来，我见过几次萍要嫁的男人，瘦小的一小青年，勤快得很，到萍家里来，什么活都抢着干。过节送大蹄髈来，惹得萍的父亲眉开眼笑。还给萍买新衣裳，萍自然很满意。一次，我看见她蹲在屋门前洗小青年的衣裳，一边洗，一边叫着小青年的名字。她叫一声，那边答应一声。她且叫且笑，很幸福的样子。

我去念大学时，萍出嫁了。过年回家，见到萍，明显得长白长胖了，脸上一团红晕。大家都说傻人有傻福，想不到呆萍嫁了个好人家，婆婆待她好，男人待她好，都盼着她给生个胖儿子。那时，萍已有身孕。她跟我说，这辈子她先嫁人了，下辈子她也要读书。“不过，现在的日子也蛮好的。”她低头，很知足地笑。

不久后，萍生了个女儿，婆家不满意，萍的日子变得不那么好过了。萍没有怨言，认为都是她的错，盼着再怀上一个，生个儿子，好将功赎罪。

大三那年，我有事回家，萍挺着个大肚子去看我。她站在竹林边，惴惴不安地问我："要是还生不了儿子，怎么办呢？"那是秋天，乡村的天空，格外高远，鸟雀们叫着闹着，飞过竹林去。鸟们是那么自由，而萍，不是。

萍后来在生孩子时，大出血死了。婆家如愿得到一个男孩，只是，萍死了。

萍留下两个孩子，如今都大了。听人说，女孩子出落得尤其漂亮，长得很像萍。那么，当年的萍，也算得上一个漂亮的人了。只是，在她有限的生命里，从没有人看到她的美，包括我。她就这样被忽略了，如同一粒微尘，被一阵风吹来，又吹走，没有人仔细留意过。

现在，我在想起萍的时候，常会想这样一个问题：萍落过泪吗？若落过，萍的泪，落在哪里？我从没见萍落过泪，一滴也没有。

一树一树梨花开

多年以前，在那个春风拂拂的季节里，在一树一树梨花开得正烂漫的时候，我们第一次触摸着了死亡。那年我们都是十七岁，梨花一样的年龄，梨花一样地烂漫着。

被死亡召去的，是个和我们一起吃着饭上着课的女孩子。女孩子姓宋，人长得纤弱细巧，犹如宋词里那个弹箜篌的。平时成绩不好也不坏，与同学的关系不疏也不密。

在一个阳光融融的春日上午，她没来上课。平时有同学偶尔缺半天一天课的，这挺正常，所以老师没在意，我们也没在意，上课、下课，嬉戏打闹，一如往常。但到了午后，有消息突然传来，说她死了，死在去医院的路上。是突发性的脑出血。

教室里的空气，刹那间凝固成稠状物，密密地压迫着我们的呼吸。所有正在热闹着的语言、动作，都雷击般地僵住了，严严地罩向我们的，不知是悲，是痛，还是悲痛的麻木。更多的是不可思议——怎么死亡会离我们这么近？

别班的同学，结队在我们教室门口探头探脑，那个女孩子的死，使我们全班同学成了他们的同情对象。我们惶恐得不知所措。平日里的吵吵闹闹，在死亡面前显得多么无足轻重。我们年轻的眼睛互相对望着，互相抚慰着。只要好好活着，一切的一切，我们原都可以不计较，原都可以原谅的啊。

死亡拉近了我们，我们团团围坐在一起，小心翼翼地轻抚着有关那个女孩子的记忆：我们知道了下雨天，她会把伞借给别人；知道了她常常把好吃的东西，带给同宿舍的人；知道了她曾把身上的毛线衣脱下来，给患感冒的同学穿；知道了她的资料书总与他人共享；知道了她很少跟别人生气，多数时候都是微笑着的……回忆至此，我们很有些恼恨自己了，怎么没早一点儿发现她的好呢？我们应该早早地和她成为好朋友，分享生活中的喜怒哀乐的啊。我们第一次触摸到了死亡时，也第一次懂得了什么叫珍惜。

后来不知谁提议，我们全班同学一齐去送她。她家住在梨园边上，她的棺材，摆放在梨花深深处。因当时殡葬改革刚刚兴起，按规定，她也必须实行火化。她的家人不舍得让她化成灰，偷偷把她用棺材装了，藏到梨园里。

我们有些浩荡的队伍，像搞地下工作似的，在一树一树的梨花底下穿行。一枝枝累累的花朵，碰着了我们的头、我们的身子。这样的举动，减缓了我们的悲痛，以至于我们见到她时，都异常冷静。我们抬头望天，望不到天，只见到一树一树的梨花。在梨花堆起的“天空”下，她很安宁地躺着，熟睡一般的。梨花映白了她的脸，她看上去，很美。我们挨个儿走过去，跟她告别，满眼都是雪白的梨花。恍惚间，我们都忘了落泪。

后来，我们走出梨园，她的父母在旁人的搀扶下，佝偻着身子，哭哑着嗓子，向我们一一道谢。那飘忽在一片雪白之上的无助，那锥心刺骨的痛楚，震撼了我们年轻的心。事后，我们空前团结起来，争相去做她父母的孩子。每个星期日，我们都结伴去她家，陪她的父母聊天，帮她的父母做家务，风雨无阻。这样一直延续到我们高中毕业。

多年以后，我们早已各奔东西，不知故土的那片梨园还在不在了。

若在，那一树一树的梨花，一定还如当年一般灿烂着吧？连同那些纯洁着的心灵。记忆里最深刻最永久的一页，是关于死亡的。只有记取了死亡，才真正懂得，活着，是一件多么幸运与幸福的事。

那些水样流过的句子

偶然翻到一本从前的笔记本，硬皮面的。扉页上，端端正正写着几个字：梅子摘抄本。

做文学爱好者那会儿，我真的虔诚得可以，买了许多本子，有的用来摘诗歌，有的用来摘文章，有的则专门用来摘句子。我翻到的，是摘句子的那一本。蓝色圆珠笔的字，写得很工整，一笔一画里，透着认真。

我愣住了。这是我常有的状态，用来对付我对付不了的突然。小时候写作文，喜欢故作深沉地写："一晃眼，时间就过去了。"想想好笑，那时懂什么呢？即使偶尔的忧伤，也是快乐的忧伤。一颗心，像刚钻出泥土的芽，急急地盼着枝叶繁茂。邻家姐姐留长发，穿红裙子，那是我向往的。我长大了也要留长发，穿红裙子。南京的辉姐来我家，穿着高跟鞋。我恨不得一夜间就能长成她那般高，也好穿了高跟鞋，——那是我最初认定的美。现在回头去看，一切都远得有些不真实了，烟波浩渺。

可是，这些句子还在，它们躺在我的笔记本里。我一页一页地翻，它们水样流过我的心，曾经的曾经，我在有风的阳台上读它们。或是在，蜜黄的台灯下，采摘下它们。它们是悬于枝头的果，饱满着，甘甜着。而我的心，就是盛装它们的篮子，有果实累累的喜悦。

“粉紫的，飘着香的泡桐花，粉紫的，飘着香的春天。”这是很简短的一个句子，我摘下它的那年多大？不过十八九岁吧。爱做梦。梦的色彩，都是无比绚丽的。亦喜欢发呆，喜欢在微雨的黄昏，看着窗外。如果有树，如果树上正好开着花，则会很应景的，我会背背晏殊的“无可奈何花落去”。那时，年轻的心，应该是一个花苞苞，稍稍地风吹露落，也会让它战栗不已。

再大一些，我开始靠近爱情了，喜欢那种忧伤的，让人愁肠百结的。“我的思念随着秋气的加深，和风一样，一天比一天疯狂。店铺里飘来歌声，街上的汽车与人群轰鸣得叽叽喳喳，我的世界，却是空的。”摘下这样的句子时，我已恋爱了吧？常常会有一些莫名的忧伤，在我和他之间飘荡。我把承诺看得比生命还要重，喜欢说“永远”这个词。有永远的热烈吗？当然没有。可那时是不管不顾的，一腔的爱，非要燃烧掉不可。

“我曾两次去过你的家，可惜你家一直锁着门。你家院墙的篱笆上开了一朵牵牛花，我把它摘走了。小时候总企盼能听到它呜哩呜啦的演奏，童年的希望，多么像天上的小星星。”青春的怅惘里，有了回忆。往昔不可留不可留啊。这样的句子，实在有些千转万回。它让人的心，沉醉其中，不知归路。

直到走进婚姻里，心才开始平和下来，知道日子要悠着过了。“幸福来时，不一定把步子踏得山响，她常常就混在下午三四点钟的阳光里，偷偷溜到你身旁。”我在柴米油盐里，渐渐成熟起来，变得宁静而安详。

“当城那边开始闪烁／万家灯火／我要辨出自家的那盏／然后下坡”，这是什么？这应是一首诗里的句子，我为什么独独喜欢这几句呢？原因是里面有那句，自家的灯盏。我是个特别恋家的人，喜欢屋檐、门窗、灯光，那是爱的厮守。

“孩子画的家都相似，三角做屋顶，方框做屋子，房子是那样的简单。可他一定不会忘了，在门前画上爸爸、妈妈和自己。什么是家？屋虽是破的，可只要一家人能在一起，那便是一处最完整而温情的地方。”这样一段句子，现而今读，我依然充满感动。自认自己不是个很贪的女人，要的，就是一个家，三个人。我们可以不富裕，但是，我们健康，平安，快乐。没有比这更好的了。

小鸟每天唱的歌都不一样

一

一只鸟在啄我的窗。

有时清晨，有时黄昏。有时，竟在上午八九点或下午三四点。

柔软的黄绒毛，柔软的小眼睛，还有淡黄的小嘴——一只小麻雀。它一下一下啄着我的窗，啄得兴致勃勃。窗玻璃被它当作琴弦，它用嘴在上面弹奏乐曲，“笃”“笃”“笃”，它完全陶醉在它的音乐里。

我在一扇窗玻璃后，看它。我陶醉在它的快乐里。

我们互不干扰。世界安好。

有一段时间，它没来，我很想念它。路上偶抬头，听到空中有鸟叫声划过，心便柔软地欢喜，忍不住这样想：是不是啄我窗子的那一只？

我的窗户很寂寞，在鸟儿远离的日子里。

二

街上有卖鸟的。绿身子，黄尾巴，眼睛像两粒小豌豆。彩笔画出来似的。

鸟在笼子里，啁啾。

我带朋友的小女儿走过。那小人儿看见鸟，眼睛都不转了，她欢叫一声：“小鸟哦。”跳过去，蹲下小小的身子看鸟。鸟停止了啁啾，也看她。

它们就那样对望着，好奇地。我惊讶地发现，它们的眼神，何其相似：天真，纯净，一汪清潭。可以历数其中细沙几粒，水草几棵。

小女孩说："阿姨，小鸟在对我笑呢。"

有种语言在弥漫，在小女孩与小鸟之间。

我相信，那一定是灵魂的暗语。

三

我确信我家的屋顶上，住了一窝鸟。

深夜里，我写字倦了，喝一杯温热的白开水。四周俱静。我家屋顶上，突然传来嘈嘈切切的声音，伴着鸟的轻喃，仿佛呓语。我以为，那一定是一家子，鸟爸爸，鸟妈妈，还有鸟孩子。

我微笑着听，深夜的清凉，霎时有了温度。

我开始瞎想，它们是一窝什么样的鸟呢？是"泥融飞燕子"中的燕子么？还是"百啭千声随意移"中的画眉？或许是"两个黄鹂鸣翠柳，一行白鹭上青天"中的黄鹂和白鹭呢。简直活泼极了，翠绿，艳黄，纯白，碧蓝，怎一个惊艳了得？它们鸣唱着，欢叫着，发出天籁之声。

我没有爬上屋顶去看，它们到底是怎样的鸟。我不想知道。

它们一天一天，绵延着我的想象，日子里，便有了久久长长的味道。

四

故事是在无意中看到的。说某地有个退休老人，多少年如一日，用自己的退休金，买了鸟食，去一广场上喂鸟。

为了那些鸟，老人对自己的生活近乎苛刻，衣服都是穿旧的，饭食都是吃最简单的，出门舍不得打车，都是步行。

鸟对老人也亲。只要老人一出现，一群鸟就飞下来，围着老人翩翩起舞，婉转鸣唱，这成了当地一奇观。然流年暗换，老人一日一日老去，一天，他倒在去送鸟食的路上。

当地政府为弘扬老人精神，给老人塑了一铜像，安置在广场上。铜像安放那天，奇迹出现了，一群一群的鸟，飞过来，绕着老人的铜像哀鸣，久久不肯离去。

我轻易不落的泪，掉下来。鸟知道谁对它们好，鸟是感恩的。

五

有一段时间，我在植物园内住。是参加省作家读书班学习的，选的地方就是好。

两个人一间房，房在密林深深处。木头搭建的房，很是古朴。推开木头窗，窗外就是树，厚重的绿，层层叠叠。

有树就有鸟。那鸟不是一只两只，而是一群一群。我们每天在鸟叫声中醒过来，在鸟叫声中洗脸，吃饭，读书，听课。在鸟叫声中散步。物我两忘，直觉得自己做了神仙。

有女作家带了六岁的孩子来。那孩子每天大清早起床，就伏到窗台上，手握母亲的手机，对着窗外，神情专注。我问他："干吗呢，给小鸟打电话啊？"他扭头，轻轻冲我"嘘"了声，一脸神秘地笑了。转过头去，继续专注地握着手机，对着窗外。后来他告诉我，他在给小鸟录音呢。"阿姨，你听你听，小鸟每天唱的歌都不一样。"他举着手机让我听，一脸的兴奋。手机里小鸟的叫声，铺天盖地灌进我的耳里来，如仙乐纷飞。

小鸟每天唱的歌都不一样。这句话，我铭记了。

向一棵草学习

PART II — 第二辑

每一棵草都会开花

每棵草都有每棵草的花期，
哪怕是最不起眼的牛耳朵，也会把黄的花，
藏在叶间。开得细小而执着。

萝卜花

萝卜花是一个女人雕的，用料是胡萝卜，她把它雕成一朵一朵月季的模样。花盛开，很喜人。

女人在小城的一条小巷子里摆摊，卖小炒。一个小气罐，一张简单的操作平台，木板做的，用来摆放锅碗盘碟，她的摊子就摆开了。她卖的小炒只三样：土豆丝炒牛肉，或炒鸡肉，或炒猪肉。

女人三十岁左右，瘦，皮肤白皙。长头发用发夹别在脑后。惹眼的是她的衣着，整天沾着油锅的，应该很油腻才是，却不。她的衣服极干净，外面罩着白衣。衣领那儿，露出里面的一点红，是红毛衣，或红围巾的红。过一会儿，围裙有些脏了，袖套有些脏了，她就换下来——她每天备着好几套。

很让人惊奇且喜欢的是，她每卖一份小炒，必在装给你的碗里，放上一朵她雕刻的萝卜花。“这样才好看。”她说。

不知是因为女人的干净，还是她的萝卜花，女人的摊前总围满人。五块钱一份小炒，大家都很耐心地等待着。女人不停地翻铲，而后装盘，而后放上一朵萝卜花。于是，一朵一朵的萝卜花，就开到了人家的饭桌上。

我也去买女人的小炒。去的次数多了，渐渐知道了她的故事。

女人原先有个殷实的家。男人是搞建筑的，但不幸从尚未完工的高楼上摔下来；女人倾尽所有，才抢回男人的半条命。

接下来怎么过日子？年幼的孩子，瘫痪的男人，女人得一肩扛一个。她考虑了许久，决心摆摊卖小炒。有人劝她，街上那么多家饭店，你卖小炒能卖得出去吗？女人想，也是，总得弄点和别人不一样的东西。于是她想到了雕刻萝卜花。当她静静坐在桌旁雕着时，她被自己手上的美好镇住了，一根再普通不过的胡萝卜，在眨眼之间，竟能开出一小朵一小朵的花来。女人的心，一下子充满期待和向往。

就这样，女人的小炒摊子摆开了，很快成为小城的一道风景。下班了赶不上做菜的人，都会相互招呼一声，去买一份“萝卜花”吧。便都晃到女人的摊前来了。

一次，我开玩笑地问女人：“攒多少钱了？”女人笑而不答。一小朵一小朵的萝卜花，很认真地开在她的手边。

不多久，女人盘下一家酒店，她负责配菜，瘫痪的男人被接到店里管账。女人依然衣着干净，在所有的菜肴里，依然喜欢放上一朵她雕刻的萝卜花。“菜不但是吃的，也是用来看的呢。”她说，眼睛亮着。一旁的男人，气色也好，没有颓废的样子。

女人的酒店，慢慢地出了名。大家提起萝卜花，都知道。

生活，也许避免不了苦难，却从来不会拒绝一朵萝卜花的盛开。

每一棵草都会开花

去乡下，跟母亲一起到地里去，惊奇地发现，一种叫牛耳朵的草，开了细小的黄花。那些小小的花，羞涩地藏在叶间，不细看，还真看不出。

我说，怎么草也开花？

母亲笑着扫过一眼来，淡淡说，每一棵草，都会开花的。

愣住，细想，还真是这样。蒲公英开花是众所周知的，先是开放一朵一朵的浅黄，而后结出一个一个白白的绒球球，轻轻一吹，满天飞花。狗尾巴草开的花，就像一条狗尾巴，若成片，是再美不过的风景。蒿子开花，是大团大团的……就没见过不开花的草。

曾教过一个学生，很不出众的一个孩子，皮肤黑黑的，还有些耳聋。因不怎么听见声音，他总是竭力张着他的耳朵，微向前伸了头，做出努力倾听的样子。这样的孩子，成绩自然好不了，所有的学科竞赛，譬如物理竞赛、化学竞赛，他都是被忽略的一个。甚至，学期大考时，他的分数，也不被计入班级总分。所有人都把他当残疾，可有，可无。

他的父亲，一个皮肤同样黝黑的中年人，常到学校来看他，站在教室外。他回头看看窗外的父亲，也不出去，只送出一个笑容。那笑容真是灿烂，盛开的野菊花般的，有大把阳光歇在里头。我很好奇他绽放出那样的笑，问他："为什么不出去跟父亲说话？"他回我："爸爸知道我很努力的。"我轻轻叹一口气，在心里。有些感动，又有些感伤。并不认为他，可以改变自己什么。

学期要结束的时候，学校组织学生手工竞赛，是要到省里夺奖的，这关系到学校的声誉。平素的劳技课，都被充公上了语文、数学，学生们的手工水平，实在有限，收上去的作品，很令人失望。这时，却爆出冷门，有孩子送去手工泥娃娃一组，十个。每个泥娃娃，都各具情态，或嬉笑，或遐想。活泼、纯真、美好，让人惊叹。作品报上省里去，顺利夺得特等奖。全省的特等奖，只设了一名，其轰动效应，可想而知。

学校开大会表彰这个做出泥娃娃的孩子。热烈的掌声中，走上台的，竟是黑黑的他——那个耳聋的孩子。或许是第一次站到这样的台上，他神情很是局促不安，只是低了头，羞涩地笑。让他谈获奖体会，他嗫嚅半天，说：“我想，只要我努力，我总会做成一件事的。”

刹那间，台下一片静，静得连阳光掉落的声音，都能听得见。

从此面对学生，我再不敢轻易看轻他们中任何一个。他们就如同乡间的那些草们，每棵草都有每棵草的花期，哪怕是最不起眼的牛耳朵，也会把黄的花，藏在叶间，开得细小而执着。

人生，诗意还是失意

他参加中考那年，十六岁。成绩一直很优异，大家都预言他一定能考上小中专。那时候，考上小中专，对一个农家孩子来说，是巨大的福祉。

考试那天，父亲特地放下农活，送他到考场。考场门口，父亲生满老茧的手，重重拍在他的肩上，父亲说："儿啊，你能不能跳出农门，在此一举了。"他看着父亲，重重点头。

试考完，于忐忑不安中，终于等到分数揭晓，他比小中专录取分数线高出10分。父亲宰了家里的羊庆祝，一村人都分享到了他家羊肉的香。接下来就是等待录取通知书，却左等右等不来，一直等到夏蝉叫遍。转眼，九月了，父亲去镇上转了一圈回来，蹲在屋檐下吸着旱烟叹气，半晌之后，才对他说："儿啊，认命吧，咱不是吃公家饭的命。"原来，他的名额，被一干部子弟挤掉了。

他后来在亲戚们的接济下，去读高中。三年寒窗苦，他以高分被一所大学录取。生活向他铺开花团锦簇的一面，以后他会在城里工作，买一套带阳台的房。有月亮的晚上，他会坐在阳台上吹吹笛子。他是向往这样的生活的，有音乐，有画，有清风明月。当然，也少不了佳人陪伴，那个女孩子，最好长发飘飘。十九岁青春的心里，人生当如此，充满诗情画意。

却在大学的例行体检中，被查出患了乙肝，城市还是别人的城市，他回了他的乡下。窝在十来平方米的房间里，他的心里，布满灰暗和伤痛。人生失意至此，还有什么可盼可等的？

识字不多的父亲，讲不来大道理，手里抓一把大豆，又抓一把麦子，对他说，在农村，也没有什么不好的，种下豆子就长出豆子，种下麦子就长出麦子。他后来反复回味父亲的这句话，他品出另一种味道，那就是，好好活着，就是快乐。

他在农村安定下来，成了农民中的一个。但到底是读过多年书的，他骨子里的诗意，哪能丢掉？他在房前种花，却因此耀了一村人的眼，大家纷纷来问他讨花的种子。于是一个村庄，花香四溢。夏夜，满天星斗，四周的虫鸣不息，轻风徐徐送来稻花的清香。他在星光下吹笛，引得纳凉的村人们，都聚拢来听。他还因此觅得知音，一个喜欢他笛声的漂亮姑娘，成了他的妻。

他还迷上根雕。别人丢弃的树根，被他宝贝似的抱回家。农闲时，他在上面精雕细琢，小羊小狗的模样，很快活灵活现出来。村里人家，家家都得到他的根雕礼物，他们把它摆在堂屋里，成了最美的装饰。再后来，竟有人花重金，慕名前来购买他的根雕，他成了远近闻名的根雕师。

他是我的朋友，一个很普通的人。却用他的经历，阐释了这样一个道理：人生失意总是难免的，要紧的是，在失意中，活出诗意来。好好活着，才是生命的本质。

穿旗袍的女人

六年前，我在一个小镇住。小镇上有个女人，三十多岁的模样，无职业，平时就在街头摆个摊，卖卖小杂物，如塑料篮子瓷钵子什么的。

女人家境不是很好，住两间平房，有两个孩子在上学，还要侍奉一瘫痪的婆婆。家里的男人也不是很能干，忠厚木讷，在一工地上做杂工。这样的女人，照理说应该是很落魄的，可她给人的感觉却明艳得很，每日里在街头见到她，都会让人眼睛一亮。女人有如瀑的长发，她喜欢梳理得纹丝不乱，用发夹盘在头顶上。女人有颀长的身材，她喜欢穿旗袍，虽然只是廉价的衣料，却显得款款有致。她哪里像是守着地摊赚生活啊，简直就是把整条街当成她的舞台，活得从容而优雅。

一段时期，小街人茶余饭后，谈论得最多的就是这个女人。男人们的话语里带了欣赏，觉得这样的女人真是不简单。女人们的言语里却带了怨怼，说，一个摆地摊的，还穿什么旗袍！隔天，却一个一个跑到裁缝店里去，做一身旗袍来穿。

女人不介意人们的议论，照旧盘发，穿旗袍，优雅地守着她的地摊，笑意姗姗，周身散发出明亮的色彩。这样的明亮，让人没有办法拒绝，所以大家有事没事都爱到她的摊子前去转转。男人们爱跟她闲聊两句，女人们更喜欢跟她讨论她的旗袍，她的发型。临了，都会买一件两件小商品带走，心满意足地。

几年后，女人攒足了钱，再贷了一部分款，居然就买了一辆中巴车跑短途。她把男人送去考了驾照，做了自家中巴车的司机。她则随了车子来回跑，热情地招徕顾客。在来来去去的风尘之中，她照例是盘了发，穿着旗袍，清清丽丽的一个人。她的车也跟别家的不同，车里被她收拾得异常整洁，湖蓝色的坐垫，淡紫色的窗帘，给人的感觉就是雅。所以小镇人外出，都喜欢乘她的车。

她的日子渐渐红火起来。却不料，竟很意外地出了一起车祸。所赚的钱全部赔进去了，还搭上一辆车和几十万的债务。她的腿部也受了很重的伤，躺在医院里，几个月下不了床。小镇人都说，这个穿旗袍的女人，这下子倒下去是爬不起来的了。

可是半年后，她却在街头出现了，干着从前的老本行——摆地摊儿，卖些杂七杂八的日常生活用品。她照例盘发，穿旗袍。腿部虽落下小残疾，但却不妨碍她把脊背挺得笔直，也不妨碍她脸上挂上明亮的笑容。

我离开小镇那年，女人已不再摆地摊了，而是买了一辆出租车在开。过两年，小镇有人来，问及那个女人。小镇人说，她现在发达了，家里有两辆车子，一辆跑出租，一辆跑长途。

最近又听小镇人说，女人新盖了三层楼房。我问，她还盘发吗？还穿旗袍吗？小镇人笑了，说，如果不盘发，不穿旗袍，她就不是她了。真的呢，她还跟从前一样漂亮，一点没见老。

这样的女人，是应该永远活得如此高贵的，是从骨子里透出来的那种高贵，什么样的艰难困苦也湮没不了她。

一朵栀子花

从没留意过那个女孩子，是因为她太过平常了，甚至有些丑陋——皮肤黝黑，脸庞阔大，一双小眼睛老像睁不开似的。

成绩也平平得很，字写得东扭西歪，像被狂风吹过的小草。所有老师都极少关注到她，她自己也寡言少语着。以至于有一次，班里搞集体活动，老师数来数去，还差一个人。问同学们缺谁了。大家你瞪我我瞪你，就是想不起来缺了她。其时，她正一个人伏在课桌上睡觉。

她的位置，也是安排在教室最后一排，靠近角落。她守着那个位置，仿佛守住一小片天，孤独而萧索。

某一日课堂上，我让学生们自习，而我，则在课桌间不断来回走动，以解答学生们的疑问。当我走到最后一排时，稍一低头，突然闻到一阵花香，浓稠的，蜜甜的。窗外风正轻拂，是初夏的一段和煦时光。教室门前，一排广玉兰，花都开好了，一朵一朵硕大的花，栖在枝上，白鸽似的。我以为，是那种花香。再低头闻闻，不对啊，分明是我身边的，一阵一阵，固执地绕鼻不息。

我的眼睛搜寻了去，就发现了，一朵凝脂样的小白花，白蝶似的，落在她的发里面。是栀子花呀，我最喜欢的一种花。忍不住向她低了头去，笑道，好香的花！她当时正在纸上信笔涂鸦，一道试题，被她肢解得七零八落。闻听我的话，显然一愣，抬了头怔怔看我。当看到我眼中一汪笑意，她的脸迅速潮红，不好意思地嘴一抿。那一刻，她笑得美极了。

余下的时间里，我发现她坐得端端正正，认真做着试题。中间居然还主动举手问我一个问题，我稍一点拨，她便懂了。我在心里叹，原来，她也是个聪明的孩子呀。

隔天，我发现我的教科书里，不知什么时候多了一朵栀子花。花含苞，但香气却裹也裹不住地漫溢出来。我猜是她送的。往她座位看去，便承接住了她含笑的眼。我对她笑着一颔首，是感谢了。她脸一红，再笑，竟有着羞涩的妩媚。其他学生不知情，也跟着笑。而我不说，只对她眨眨眼，就像守着一段秘密，她知道，我知道。

在这样的秘密守候下，她发生了翻天覆地的变化，活泼多了，爱唱爱跳，同学们都喜欢上她。她的成绩也大幅度提高，让所有教她的老师，再不能忽视。老师们都惊讶地说，呀，看不出这孩子，挺有潜力的呢。

几年后，她出人意料地考上一所名牌大学。在一次寄我的明信片上，她写上这样一段话：老师，我有个愿望，想种一棵栀子树，让它开许多许多可爱的栀子花，然后，一朵一朵，送给喜欢它的人。那么这个世界，便会变得无比芳香。

是的是的，有时，无须整座花园，只要一朵栀子花。一朵，就足以美丽其一生。

满天的星星都是我的

院子不大，是上个世纪六七十年代的建筑了，水泥地面开裂得东一块西一块的，缝隙处，冒出许多草来。无论春夏，草们都顶着一头绿。也开花，细碎的小白花，很秀气。这是我租住了近两年的小院子。它的原主人早就搬进高楼里去了，索要的租金不贵，我仿佛捡了个大便宜，欢天喜地地搬进来，每天兴趣盎然地看着院子里的草，感受着生命的鲜活与律动。

不知从什么时候起，院子里突然来了一批“客人”，是些麻雀、白头翁，还有画眉。我以为那定是画眉，可爱的绿脑袋，歌声婉转。它们在院子里散着步，小脑袋一点一点的，这儿看看，那儿瞅瞅，充满好奇。有的还跃上我的晾衣绳，站在上面左顾右盼，叽叽喳喳，对我的小院子评头论足，真是热闹。

我在一块玻璃板上，倒上饭粒和面包屑。

鸟们飞下来啄食。我坐在不远处看书，看鸟。也有胆大的，跳着跳着，就跳到我的脚边来了，抬头看一看我，而后又跳开。阳光淡淡的，时光安详。

有同事到我的小屋来，她用同情的眼光看着我居住的地方，不解地问：“你怎么能住在这种地方？”她很是嫌弃它的破旧和简陋。我笑而不语。她哪里知道，我养了一院子的鸟，还有一院子绿绿的草。我多富有啊。

我想起朋友F来。F是个生意人，曾经小小辉煌过，狠赚了一笔钱，买了大房子，买了豪华车，有了漂亮的女朋友……一切完美得不能再完美了，却因他一时大意，致使生意亏损严重，最后不得不宣布破产。

他的人生，跌入谷底，前路一片黯淡。债主们整天围堵着他，大房子豪华车都没了，漂亮的女朋友也弃他而去。那些天，他整夜整夜失眠，头发大把大把掉落，他陷进绝境，无力自救。他想，不如一了百了吧。

在结束生命前，他决定回乡下看看母亲。那是盛夏的一个晚上，他坐在母亲的小院子里，月光浓酽得跟飘香的奶茶似的。母亲絮絮地跟他说着地里的事，瓜果蔬菜庄稼，都长得挺好的。他哪有心思听这些，一颗心，只盛满悲凉，想，母亲还有瓜果蔬菜庄稼可依，他却什么也没有了。

邻家的两个小孩子，当时正在一边玩耍。他们追着萤火虫跑，后来又钻到草丛里去寻找纺织娘。他们是无忧的。一个孩子捉到一只蚱蜢，另一个孩子要，那孩子不给。要的孩子就有些恼了，说，才不要你的破蚱蜢呢，我家有长毛狗呢。

那有什么！我家还有小兔子呢，捉到蚱蜢的孩子神气地回。两个孩子开始斗嘴。准确地说，他们是在比谁拥有得更多。他们先是比家里的东西，后来比一切他们看得到的，屋后小河里的鱼，门前树上的鸟，都成他们的了。最后一孩子突然仰起脸来，小手一指天空说，满天的星星都是我的。

朋友起初只是可有可无地听着，他只当那是孩子的游戏。当他听到“满天的星星都是我的”这句时，怔住。他细细咂摸，心有所动，原来，他并不曾失去得一无所有，还有这满天的星星为他照亮着。

第二天，朋友返回小城。不久，他走出困境。

莲花盛开

女人有个很诗意的名字：莲花。那是捡到她的拾荒老人给取的。老人不识字，不懂诗意，只因捡到她时，小镇的河里，开了一河的莲花。

叫莲花的女人，天生残疾，出生时，该长手的地方，却长出了两个肉球球。年轻的父母大概是怕了以后漫长岁月难度，在莲花出生没多久，就把她丢弃在一垃圾堆旁。一条小花被包着，这是父母今生给她唯一的暖。

莲花却天性灿烂，且命大。饿得奄奄一息了，还冲人笑，小嘴一咧开，一团小花就盛开了。捡到她的拾荒老人，心立即软了，把她抱回家。

跟着拾荒老人，穷日子里滚爬，她风吹草长般地长大。很小就跟着老人捡垃圾，没有手，就用胳膊搂着。被人欺负了，从不哭诉，亦不埋怨，只对自己说，不哭不哭，我没有手，还有脚，还有眼睛呢。她很聪明，学会用嘴做一些事情，甚至还能用嘴飞针走线。

莲花13岁那年，拾荒老人一病不起，撒手人寰。临终前，老人眼睛死死盯着她，说，莲花，你要好好过。

莲花记住了老人的话。日子再多艰难，她都能咬牙过，信念只有一条，要好好过。她捡垃圾，帮人看孩子，给孤寡老人做陪护，摆小摊……她靠自己养活自己，在青春好年华里，她也是一树花开，没有人当她是残疾人。

一天，一个男人说，莲花，我要做你的双手。只这一句，她就嫁给了他。幸运的翅膀，眼看着张开了，却不料，一次车祸，莲花永远失去了行走的双腿。承诺要做她双手的男人，离开了她。黑夜里，她一遍又一遍想，放弃吧，放弃吧，命运是这样的不堪。但又有一个声音在耳边响着：莲花，你要好好过。

再爬起来，她已心平如镜。她衣着整洁，眼神清澈。她的轮椅，碾过小镇的巷道，一路上，有不息的招呼声，莲花，早啊。莲花，好啊。她亦饱满地应答，早啊。好啊。小镇的街上，有她用事故赔偿金开的一家杂货店，大家都很照顾她的生意。每日里生意不断，她很忙碌。

她收养了一个孤女，目前已读小学五年级。她说她要供女儿念大学。“到时候，丫头工作了，能自己赚钱了，日子会更好过的。”她这样笑着跟人唠家常。眼底里，深深浅浅的，都是对日子的期盼和感恩。

开花的仙人棒

阳台上一盆仙人棒，忽然之间开了花。花只一朵，艳艳的红，缀在垂挂着的仙人棒上。像小姑娘的辫梢上，扎了一个红蝴蝶结，又俏丽又活泼。

此前，我极少留意到这盆仙人棒。在满阳台的花花草草中，它实在算不得出众，淡淡的乳芽似的绿，极不显眼。装它的盆子也极简陋，小泥盆，路边随处叫卖着的，一块钱一个。

我也只在记得的时候，给它浇一点水。好几次它都貌似枯萎了，泛出枯黄色来。以为它就要死了，我也不当真的，给它洒上几滴水，隔天去看，那枯黄之中，竟又冒出新绿来。

现在，它忽然花开，耀亮了人的眼。我和那人围着它，欣喜不已，把装它的泥盆，一会儿捧到书桌上，一会儿捧至窗台边，不知怎么去爱才好。都当它是奇迹。

它让我想到了芹。芹和我一个村的，家境清贫不说，父亲还半痴，母亲又聋哑，这样的家庭出身，自不被人待见。从小，村里的孩子都变着法儿欺负她。大人们看到，至多是呵斥那些孩子几句，有时却连呵斥也懒得。而芹，只是紧抿着嘴唇，什么也不说。大人们便都摇头，说，这孩子，像她爸，也有些呆。她听了，嘴抿得更紧了。

芹读书只读到小学三年级，成绩却好得很，年年得奖状。可因家贫，她的书没能继续读下去，稚嫩的肩上，早早挑起生活的重担。命运似乎从此注定，她左不过是做一个农夫的妻，将一辈子囿于那几亩地上。

芹长到二十岁，她母亲托人给她说得一门亲。对方是个比她长十多岁的泥瓦匠，不嫌弃她的出身和贫穷，答应娶她，还送来丰厚的聘礼。芹的父母自是欢天喜地，要把她嫁过去。她却不肯，哭闹着让家里人给她退了亲。村里人都替她惋惜，这个傻姑娘，这种人家都不嫁，她还能嫁谁呀！

过两日，却传出她外出打工的消息。大家听说了，不以为然地笑，说，这丫头真的有些傻呢，她一无所长地出去混，能混出个什么名堂。

然一些年后，芹再归来时，却是雏鸡变凤凰，整个人光华灿烂。她在南方的一座城，拥有了自己的饮食店，手下员工有好几百号人。

我回老家，一个村子都在谈论芹。我母亲说，你知道吗？她回家时，豪华的小车一直开到家门口呀。谁想到呢？她出息了，出息了。

也不过忽然之间，她的光彩，就照亮了一个村庄。

我母亲低头笑着叹，什么时候也不能把人看扁呀。而我想得更多的是，人，什么时候也不能把自己看扁。就像一盆仙人棒，只要它自己不放弃，总有一天，生命会开出艳艳的花来的。

石缝里的山百合

女友可莹，喜欢在脖子上挂一坠子。坠子是她特地定做的——一方岩石上，有花盛开。花艳红，像静静燃着的一星火苗。是朵山百合。

她自办的超市，连锁店已开到20家。又遇良人，那人疼惜她如疼惜自己的生命。她的好日子是锦上花，瓣瓣都开得饱满欢实。

曾经却不是这样。曾经她一度想自杀，那个时候，诸多烦恼，纷至沓来。先是下岗，后前夫出轨，卷走家里全部积蓄，疼爱她的母亲又重病过世。她的天空，在顷刻间塌崩。

她写好遗书，远去黄山。那个地方，一直是她向往的。与前夫恩爱时，前夫曾许诺，等有一天，他们赚足了钱，他一定带她到黄山，在那里买幢房子，长住下来，每天陪她看日出看云海，听满山松涛声声，相伴到终老。她想到这些，心就痛得痉挛成一团。原来，神仙眷侣不是人人都做得的，男人的承诺，是写在水上的，算不得数的。

她计划好了，等登上黄山后，她要择一处风景绝好的地方，纵身跳下去，一了百了。

她一步一步爬上山去。从山顶望下去，她看到了令人叹为观止的黄山云海。那些棉花糖似的白云，一蓬一蓬涌上来，一蓬一蓬涌上来，壮观得叫她窒息，又令她十分悲伤。尘世是这样的美好，而她，就要与它永别了。她忍不住回过头去，想最后再看一眼这个尘世。却在回头的刹那，一抹艳红，不由分说地跳进她的眼睛里，那么夺目，那么遗世独立，又是欢呼雀跃的。那是开在石缝里的一朵山百合。

见过太多漂亮的花，长在花圃里的，装在精致的花盆里的，开在高高的树上的，万紫千红，绚丽缤纷，却从未曾像这朵这样让她震惊：周围寸草不生，只有它，独独的一枝，从石缝里，撑出半个身子来，骄傲地，开出了花。再壮观的云海松涛，也为之黯然失色。

她站在那朵山百合跟前，落了泪。

她活着回来了。回来后，她做的第一件事就是和前夫离婚。随后，她开始找工作。那期间，她在饭店当过服务员，给人做过保姆，走街串巷收过废品，在街头摆过小摊，一点一点积攒，她终于盘下一家因经营不善而快倒闭的小商店。

她盘活了这家小商店，做出了自己的品牌，成了远近闻名的女企业家。她常出席一些大型的商业活动，每次，她总会被请到台上说两句，她最喜欢说的一句话是：只要好好活着，总有机会，重新来过。

碗里的太阳花

我想讲一个故事给你听，关于一个女人的。

女人不幸得很，三岁时没了父亲，七岁上没了母亲。好不容易熬至成人，嫁得如意郎君，以为从此后会苦尽甘来。

也真的过了一段安稳和乐的日子，男人对她好，她对男人好。虽说也只是小家日子小家过，但因他在，她在，也就有了幸福在。

女人有个嗜好，她喜欢用碗种太阳花。碗是家常盛饭的碗，粗瓷的，便宜的时候，一块钱能买两只。她一碗一碗种着太阳花，这碗谢了，那碗又开了。从春到秋，她的小家，便都姹紫嫣红着。

男人爱她，曾买回不少花盆送她，其中不乏精致的。女人高兴地收下，却并不用，还是喜欢在碗里种着太阳花。男人不解，问她为什么。她就跟他讲过去的种种，没爹没娘的孩子，受过太多欺负与冷眼，好在，有祖母的温暖陪伴着她。祖母二十多岁上，害了青光眼。五十多岁上，失了明。可祖母的心，却跟明镜似的。她受了委屈哭泣，祖母为她擦掉泪水，说，娃啊，不哭，天不会永远下雨的。破了的碗，祖母舍不得扔。祖母在里面种太阳花。花开好的时候，一小朵一小朵的红白黄，望过去，像一群热闹着的小蝴蝶。祖母看不见花，但祖母知道花开了。祖母叹，多好看哪。然后拍拍她的小手背，笑着说，娃啊，你看，破了的碗，也可以装这么好看的花呢。

男人听得动容，怜惜地把她拥入怀中，对她承诺，从此，你不必再受苦了，我会好好疼你的。她幸福地点头。

两年后，他们的孩子出生了，是个粉白娇嫩的男孩子，小日子开始莺歌燕舞。女人很满足，睡着了也能笑醒了。

转眼，儿子已周岁。男人带着女人和儿子，一起上街庆贺。回来的路上，突遇一场车祸。男人被撞成重伤，抢救无效死亡。儿子一声未吭，当场就咽了气。女人自己也在这场车祸中，失去一条腿。

女人万念俱灰。那些日子，女人躺在床上不吃不喝，只靠输葡萄糖液维持生命。女人是打定主意不想活了，她想早点去与男人和儿子团聚。

女人的祖母这时来了。老人迈着细碎的步子，摸索着天天给女人的床头换花，花是女人熟悉的太阳花，用碗装着，朵朵红白黄，如一群热闹着的小蝴蝶。女人一心只求死，不为所动。

一天，老人换过花后，坐到了女人的床头，她布满青筋的手，轻轻拍拍女人的手背，对着床头的太阳花叹，娃啊，你看，这碗里的太阳花，开得多好看哪。女人的泪，终于流下来。

女人活过来了。在身体恢复得差不多的时候，女人出了一趟门，再回来时，她的怀里，多了一个小姑娘。小姑娘两三岁的模样，圆脸，大眼睛，还有两颗小虎牙，长得很可爱。听人谈，小姑娘是那次事故中另一方的。那日，小姑娘父母的车，撞伤了女人一家人之后，又冲上路边护栏，小姑娘的父母当场死亡。而在车上的小姑娘，只擦破了一点点皮，竟安然无恙。

没人去找女人核实，到底是不是这回事。只是这之后，小区的人看女人的眼神，有了不寻常，有敬意在里头。邻里也都很疼那个小姑娘，谁家有好吃的，都会送她一份。女人回赠大家的，是她养的太阳花，红红黄黄白白，用碗装着，一碗又一碗，绚烂着。

谁碰疼了她的忧伤

那是个几乎与世隔绝的小山寨。大山深深处，一群苗族人，他们住黄泥抹墙的房，吃自家种的苞谷和红薯，穿自家织的土布衣裳。有儿自小会山歌，有女从小会刺绣。如此生生不息，与大山融合在一起。

一行人坐了车去。当地导游再三强调，这个寨子，近年来才逐步与外界沟通的，很多方面还很原始。她叫我们无论言，还是行，都不要犯了苗人的忌讳。特别关照，不能给苗人小孩子东西，哪怕一元钱。苗人讲究自食其力，你给他们家小孩子东西，他们非但不感激，还会很生气，认为你教坏他们小孩子，让小孩子有了不劳而获的念想。

山，重重叠叠，杂草遍生。我们沿着山脚走了大半天的路，一路磕磕绊绊，走得脚酸腿胀。越过一片湖，顺着长满绿苔的青石板，小心地爬上去，这才到达苗人的寨子。一截矮墙上，突然传来童稚的歌声，是改版的《小城故事》：“苗寨故事多，充满喜和乐，若是你到苗寨来，收获特别多。”我们都被这歌声逗笑了，有游客紧走两步，跑上去问：“谁教你的？”那猴子一样灵敏的男孩子，一个翻身跳下矮墙，说：“老师教的。”转身一溜烟跑了。

整个苗寨，静。只有一幢幢房，参差摆开，一律的黄泥抹的墙，黑瓦顶。房与房相接处，都是青石板，曲曲弯弯，蜿蜒如蛇游。缝隙处，绿草肆意疯长。导游说，白天到苗寨，是难得见到大人的，大人们都到地里干活去了，他们每天早出晚归，一天只吃两顿饭——早饭和晚饭。

果真的，转遍整个寨子，看到的，只有孩子，和狗。那些孩子，三四岁到五六岁不等，再大一些的，都跟父母到地里去了。可能是近年来见到的游人多了，孩子们并不怕生，绕在我们身边走，亦能听懂一些我们的普通话。给他们拍照，他们会摆出造型来，而后哄笑着跑过来，看相机屏幕上自己的样子，说出“漂亮”这个词。

只有一个小女孩，她远远落在一群孩子后面，一直不笑，神情忧郁，看上去不过五六岁。导游却告诉我：“不对，她10岁了。”这让我惊讶。我走过去，试图跟她搭话，我说：“你衣裳上绣的花真好看，谁绣的？”她答：“我绣的。”我夸她：“真有本事。”她说：“我8岁就学会刺绣了。”我提出要给她单独拍照，她想了想，问：“可以带上我的妹妹吗？”原来，她留在家里，是为了照应两个年幼的妹妹。她一手搀一个小人儿，对着我的镜头。她的背后，是那些黄泥抹墙的房。不远处，青山苍翠。

照片的效果很好，我让她看，我问：“漂亮吗？”她淡淡扫一眼，答：“漂亮。”脸上依旧没有笑容。后来，我走到哪里，她便跟到哪里，静静待在一边，如一朵静静的小野花。我问：“你干吗不说话呢？”她伸手摸我的衣襟，突然冒出一句：“你们那儿也长黄瓜吗？”我愣住，一时不知怎么回答，她兀自说下去：“我们这儿长好多呢，很好吃。”我转脸看她，她的眼睛避开我，望向大山外，两汪深潭水，映着几多迷惑：那大山外，到底是怎样一个世界？它带给她五彩的冲击，让她明显地有了不安。我似乎明白了她的忧郁所在。

我问她：“上学吗？”她摇摇头，说：“只念到二年级。”又补充道：“我们这儿只念到三年级的，再念书，就要到山外的镇上去，我没去过。”

我不敢再问什么，如果不是我们的闯入，她或许也是安静快乐的一个，安命于大山深处的自给自足，长大了嫁一个阿哥，戴满头银饰，做人家的媳妇。我对她笑笑，想送她一件礼物，但想起苗人的忌讳，忍忍，作罢。

我们离开苗寨时，一群孩子跟着，一直跟到寨子外。小女孩也跟着，神情忧郁，她的眼睛里，汪着两汪深潭水。当我们走了好远好远的路，回过头去，依稀看见寨子口，一个小小的身影，依然站着，蓝衣蓝裤，像一朵静静开着的小野花。青山环抱中，她身后的寨子，美得像上帝遗落的一个梦。

种 爱

认识陈家老四，缘于我婆婆。

婆婆来我家小住，不过才两天，她就跟小区的人混得很熟了。我下班回家，陈家老四正站在我家院门口，跟婆婆热络地说着话。看到我，他腼腆地笑笑："丁老师下班啦？"我礼貌地冲他点点头："是啊。"他看上去，年龄不比我小。

他走后，我问婆婆："这谁啊？"婆婆说："陈家老四啊。"

陈家老四是家里最小的孩子，父亲过世早，上有两个哥哥一个姐姐，都已另立门户。他们与他感情一般，与母亲感情也一般，平常不怎么往来。只他和寡母，守着祖上传下的三间平房度日。

也没正式工作，蹬着辆破三轮，上街帮人拉货。婆婆怕跑菜市场，有时会托他带一点蔬菜回。他每次都会准时送过来，看得出，那些蔬菜，已被他重新打理过，整整齐齐干干净净的。婆婆削个水果给他吃，他推托一会儿，接下水果，憨憨地笑。路上再遇到我，他没头没脑说一句："你婆婆是个好人。"

却得了绝症，肝癌。穷，医院是去不得的，只在家里吃点药，等死。精神气儿好的时候，他会撑着身子出来走走，身旁跟着他的白发老母亲。小区的人远远望见他，都避开走，生怕他传染了什么。他坐在我家的小院子里，苦笑着说："我这病，不传染的。"我们点头说："是的，不传染的。”他得到安慰似的，长舒一口气，眼睛里，蒙上一层水雾，感激地冲我们笑。

一天，他跑来跟我婆婆说：“阿姨，我怕是快死了，我的肝上，积了很多水。”

我婆婆说：“别瞎说，你还小呢，有得活呢。”他笑了，说：“阿姨，你别骗我，我知道我活不长的。只是扔下我妈一个人，不知她以后怎么过。”

我们都有些黯然。春天的气息，正在蓬勃。空气中，满布着新生命的奶香，叶在长，花在开。而他，却像秋天树上挂着的一枚叶，一阵风来，眼看着它就要坠下来，坠下来。

我去上班，他在半路上拦下我。那个时候，他已瘦得不成样了，脸色蜡黄蜡黄的。他腼腆地冲我笑：“丁老师，你可以帮我一个忙么？”我说：“当然可以。”他听了很高兴，说他想在小院子里种些花。“你能帮我找些花的种子么？”他用期盼的眼神看着我。见我狐疑地盯着他，他补充道：“在家闲着也无聊，想找点事做。”

我跑了一些花店，找到许多花的种子带回来，太阳花、凤仙花、虞美人、喇叭花、一串红……他小心地伸手托着，像对待小小的婴儿，眼睛里，有欢喜的波在荡。

这以后，难得见到他。婆婆说：“陈家老四中了邪了，筷子都拿不动的人，却偏要在院子里种花，天天在院子里瞎折腾，哪个劝了也不听。”

我笑笑，我的眼前，浮现出他捧着花种子的样子。真希望他能像那些花儿一样，生命有个重新开始的机会。

一晃，春天要过去了。某天，大清早的，买菜回来的婆婆，突然说：“陈家老四死了。”

像空谷里一声绝响，让人怅怅的。我买了花圈送去，第一次踏进他家小院，以为定是灰暗与冷清的，却不，一院子的姹紫嫣红迎接了我。那些花，开得热烈奔放极了，仿佛落了一院子的小粉蝶。他白发的老母亲，站在花旁，拉着我的手，含泪带笑说："这些，都是我家老四种的。"

我一时感动无言，不觉悲哀，只觉美好。原来，生命完全可以以另一种方式，重新来过，就像他种的一院子的花。而他白发的老母亲，有了花的陪伴，日子亦不会觉得太凄凉。

向一棵草学习

PART Ⅲ — 第三辑

那些疼我的人

上帝送他们来，就是为了来疼我的。

就像我疼我的儿子一样。

世间的美好，原是这样的爱写成的。

吊在井桶里的苹果

有一句话讲，女儿是父亲前世的情人。说的是做女儿的，特别亲父亲。而做父亲的，特别疼女儿。那讲的应该是女儿家小时候的事。

我小时，也亲父亲。不但亲，还瞎崇拜，把父亲当作举世无双的英雄一样崇拜着。那个时候的口头禅是，我爸怎样怎样。因拥有了那个爸，一下子就很了不得似的。

母亲还曾嫉妒过我对父亲的那种亲。一日，下雨，一家人坐着，父亲在修整二胡，母亲在纳鞋底。一家人闲聊家常，聊着聊着，就聊到我长大后的事。母亲问，等长大了你有钱了，会买好东西给谁吃？我几乎不假思索脱口而出，给爸吃。母亲又问，那妈妈呢？我指着一旁在玩的小弟弟对母亲说，让他给你买去。哪知小弟弟是跟着我走的，也嚷着说要买给爸吃。母亲的脸就挂不住了，继而竟抹起泪来，说白养了我这个女儿。父亲在一边讪讪笑，说孩子懂啥。语气里却透着说不出的得意。

待得我真的长大了，却与父亲疏远了去。每次回家，跟母亲有唠不完的家长里短，一些私密的话，也只愿跟母亲说。而跟父亲，却是三言两语就冷了场。他不善于表达，我亦不耐烦去问他什么，什么事情，问问母亲就可以了。

也有礼物带回，却少有父亲的，都是买给母亲的，衣服或者吃的。感觉上，父亲是不要装扮的，永远的一身灰色的或白色的衬衫，蓝色的裤子。偶尔有那么一次，我的学校里开运动会，每个老师发一件白色T恤。因我极少穿T恤，便挑一件男式的，本想给那人穿的，但那人嫌大，也不喜欢那质地。回母亲家时，我随手把它塞进包里面，带给父亲。

我永远忘不了父亲接衣时的惊喜，那是猝然间遭遇的意外啊，他脸上先是惊愕，而后拿着衣的手开始颤抖，不知怎样摆弄了才好。傻笑半天才平静下来，问，怎么想到给爸买衣裳的？

原来父亲一直是在意的落寞的，我们却忽略他太久太久。

这之后，父亲的话明显多起来，乐呵呵的，穿着我带给他的那件T恤，满世界去显摆。三天两头就打了电话给我，闲闲地说些话，然后好像是不经意地说上一句，有空多回家看看啊。

暑假到来时，又接到父亲的电话，父亲在电话里很兴奋地说，家里的苹果树结很多苹果了，你最喜欢吃苹果的，回家吃吧，保你吃个够。我当时正接了一批约稿在手上写，心不在焉地回他，好啊，有空我会回去的。父亲“哦”一声，兴奋的语调立即低了下去。父亲说，那，记得早点回来啊。我“嗯啊”地答应着，把电话挂了。

一晃近半个月过去了，我完全忘了答应父亲回家的事。一日深夜，姐姐突然有电话来，聊两句，姐姐问，爸说你回家的，怎么一直没回来？我问，有什么事吗？姐姐说，也没什么事，就是爸一直在等你回家吃苹果呢。

我在电话里笑了，我说爸也真是的，街上不是有苹果卖吗？姐姐说，那不一样，爸特地挑了几十个大苹果，留给你，怕坏掉，用井桶吊着，天天放井里面给凉着呢。

心被什么猛地撞击了一把，只重复说，爸也真是的。就再也说不出其他的话来。井桶里吊着的何止是苹果？那是一个老父亲对女儿沉甸甸的爱啊。

母亲的快乐

入秋，街上第一缕烤山芋的香味飘起来的时候，我给母亲打电话，让她给我准备一袋子山芋带过来。

母亲每年都会在地里长些山芋。从前山芋是当口粮的，现在不同了，家家都有大米吃，不吃这东西了。但母亲还是长一些。

母亲接到我这类的电话，照例欢天喜地的，仿佛得了什么奖赏，一迭声说有有有，语调是欢欣的，雀跃的。

隔一日，一袋子山芋已托人捎到城里来。不用倒出来查看，我便知道，那里面只只山芋，都经过母亲的手，细细挑选过。稍稍破点儿皮的，母亲肯定扔了。个儿不大的，母亲肯定扔了。长得不齐整的，母亲肯定扔了。母亲认为不甜不粉的，也肯定扔了。

母亲的电话随后而至，母亲问我，山芋收到了？我答，收到了。母亲便又问，好吃吗？我笑，你种的山芋，当然好吃。母亲就快乐得很了，母亲说，吃掉还有，吃掉还有，家里多着呢。我说，哦，吃掉我一定回去拿。

事实上，我还未曾来得及吃，也吃不下那么多。但过一段日子，我肯定会再问母亲索要一次山芋。不止山芋，我还索要菠菜、青菜、萝卜、香菜、大葱、豌菜头等蔬菜，母亲的地里有多丰富，母亲就有多快乐。

最喜欢听母亲在电话里这么跟我说，梅啊，地里的黄瓜又能吃了。地里的香瓜也能吃了。这个时候，我总是十分惊喜地说，啊，是吗是吗！我的惊喜也总能激起母亲的兴奋，隔天，我准会收到母亲给我准备的一大袋子的瓜果菜蔬。

母亲为我准备这些东西时，是无比快乐的。父亲曾笑话她，说她嘴里还唱着歌的。我能想象得出那样的情景：屋檐下，母亲半蹲着，用手一一梳理着要带给我的东西。阳光碎碎的，落在母亲灰白的短发上，母亲的心中，漾着甜蜜，哼着她才懂的歌，她在想，这一棵青菜是我女儿要的呢，这一只山芋是我女儿爱吃的呢。母亲因此而幸福。

我单元楼里，也住着这样一个老母亲。老母亲的儿子女儿都在外地工作，平日里，就她一个人住，几乎无声无息。但一到秋天，她就变得忙碌起来，每日里楼上楼下跑，人仿佛变年轻了。也听到她跟楼里的人打招呼了，声音亮亮的。有人笑问她，奶奶，又准备腌咸菜啦。老母亲遂响亮地答，是哩是哩，我儿子女儿都打电话回来，说就是喜欢吃我腌的雪里蕻。改天，必看到楼前空地上，晒着许多洗净的雪里蕻。老妇人在一边守望着，像守望着她的孩子，眼睛半眯着，极快乐的样子。

女孩琳是个单亲，从小与母亲相依为命，她的母亲一直结实得像堵厚实的墙，为琳挡风遮雨。但等琳工作了，去了外地，她母亲突然患了病，又是失眠又是头疼的。琳很着急，买了许多药寄回来，有些药还是国外进口的，但都无济于事。后来，有高人点拨琳，说她母亲，或许是因为不适应她的突然离开，内心空落才害的病。琳恍然大悟，再打电话回家，她开始跟母亲要东要西，今天要母亲帮她缝件内衣，明天又要母亲帮她做双棉拖鞋，还要在鞋头上绣花。她在电话里对母亲撒娇，妈，商场里卖的那些，都不如你做的好，我喜欢穿你缝的内衣，喜欢拖你做的棉拖鞋。她母亲一边责怪琳什么时候才能长大，一边欢天喜地去买了布来，一针一线为琳缝着内衣，做着棉拖鞋。失眠和头疼，竟不治而愈。

想来，要让一个母亲高兴，不但要记得买些东西给她，更要时不时地问她“索要”，告诉她，你就是喜欢吃她做的糖糍粑，你就是喜欢穿她纳的棉布鞋。这比买什么补品给她都管用，她会因此而快乐而健康而延缓衰老。因为，她要好好活着，她的儿女还需要她。

希望的炭火

他出生的时候，亲人们还没来得及欢喜，就跌进深不见底的冰窟窿中——他居然，是个脑瘫儿。前路茫茫，漆黑一片，不见一丝光亮。

痛得最锥心的，莫过于他的母亲，那个叫陈立香的女人。十月怀胎，有过多少美好的想象啊，想象他的帅气与聪明，想象他的活泼与可爱，却从不曾想过，他会脑瘫。

无数的日夜，她对着他，泪流成河。他却无知无觉。两岁多了，还听不见声音，不会说话不会走路，眼睛斜视嘴巴歪着……她抱他入怀，肌肤贴着肌肤，有种奇异的感觉，穿心而过。那是他传递给她的温度。即使他痴着傻着，他依然是她，最疼的骨肉。

母爱在那刻长成参天大树。她为他，辞去工作，专门回家带他。她给他唱儿歌，背唐诗，讲故事……日子一天叠着一天，日月轮转。她在日月轮转里，早早地白了头。却有一个信念不倒，那就是，她宝贝儿子的意识只是睡着了，她要唤醒他。

她真的唤醒了他。他开口说话了，虽然吐字不清，可在她听来，不啻天籁。后来，他又开始学走路了，一步一步。每一步的迈进里，都有她虔诚的感激。达到上学年龄，她做出重大决定，要送他去上学。所有人都觉得不可思议，他虽然可以说话可以走路了，但行动并不利索，与同龄孩子的伶俐相比，相去甚远。有人劝她："别折腾了吧，他现在勉强能说能走，已是最大造化，你还要怎的？”

她却坚定着自己的选择，一定要让他读书识字，让他和其他正常孩子一样。费尽周折，她把他送进学校。

从此，他独自背着书包去上学。一路上，他不知摔过多少跟头。她远远跟在后头，却狠着心不去扶他，一任泪水，在她脸上肆意流淌。他手握不住笔，她想尽办法，用布条子把笔缚在他手上。于是，纸上留下一道道歪歪扭扭的线条，那是他写的字。她看着笑了，在她眼里，那就是盛开的花朵。

一路千山万壑走下来，这一走，就是二十年。二十年的时间，足以磨掉一个人的意志、耐心和坚守，她却一直没有放弃，时时守在他身边，一点一点为他积攒着，那束叫作希望的炭火。终于，在他二十岁那年，那束炭火，化作熊熊大火燃烧——他考上大学了！

他接到录取通知书的当天，有记者得知他的经历，很感动，特地跑去采访他。他激动得脸憋得通红，讷讷半天，在一张纸上深情地写下：“感谢妈妈！”

她在一边看到，热泪长流。

二十年的含辛茹苦，这世上，除了母亲，谁还能做出这样的坚持？

天堂有棵枇杷树

年轻的母亲，不幸患上癌，生命无多的日子里，她最放心不下的，是她四岁的儿子星星。从儿子生下起，她与儿子，就不曾有过别离。她不敢想象儿子失去她后的情景，曾试着问过儿子，要是不见了妈妈，星星会怎么办呢？儿子想也没想地说，星星就哭，妈妈听到星星哭，妈妈就出来了。

她听了，一颗心难过得碎了，她在心里说，宝贝，你那时就是哭破了嗓子，妈妈也听不到了。

因为化疗，她一头秀发，渐渐掉落，如秋风扫落叶。儿子好奇地打量着她，问，妈妈，你的头发哪里去了？

她看着一脸天真的儿子，心如刀割，但脸上却笑着，她说，妈妈的头发，去了天堂呀。然后，她装着很神秘的样子，悄声对儿子说，星星，妈妈告诉你一个秘密，你不要告诉别人哦。

孩子很兴奋，郑重地承诺，妈妈，星星不告诉别人。两只晶莹的大眼睛，一动不动盯着她。

她把儿子搂到怀里，搂得紧紧的，笑着跟儿子耳语，妈妈可能要离开星星了，妈妈也要去天堂。

天堂在哪里？妈妈要去做什么呢？孩子有些着急。

天堂啊，离家很远很远，妈妈要去那里种一棵枇杷树。星星不是最爱吃枇杷么？

哦，孩子认真地想了想，那，妈妈把星星也带去，好不好？

不行，宝贝，年轻的母亲，摸摸儿子稚嫩的小脸蛋说，你现在还不可以去，因为你是小孩呀，天堂里，不准小孩去。等你长大了，长到比妈妈还要大好多好多时，才可以去哦。

那，妈妈会等星星吗？

会的，妈妈会一直等星星。妈妈在那儿，种一棵最大最大的枇杷树，树上，会结好多甜甜的枇杷，等着星星去吃。但星星得答应妈妈，妈妈走后，星星不许哭哦，一定要乖，要听爷爷奶奶的话，听爸爸的话，这样才能快快长大，知道不？

孩子高兴地点头答应了。

不久之后，年轻的妈妈安静地走了。孩子一点也不悲伤，他坚信妈妈是去了天堂，是去种枇杷树了。夏天的时候，枇杷上市，橙黄的果实，充满甜蜜。孩子吃到了很鲜艳的枇杷，他开心地想，那一定是妈妈种的。

一些年后，孩子终于长大，长大到明白死亡，原是尘世永隔。这时，孩子心中的枇杷树，早已根深叶茂，挂一树甜蜜的果了。他没有悲痛，有的只是感恩，因为妈妈的爱，从未离开过他。他也因此学会，怎样在人生的无奈与伤痛里，种出一棵希望的枇杷树来，而后静静等待，幸福的降临。

四月的缅怀

四月。清明。想念几个亲人，外婆、祖母和祖父。

人的一生，注定要经历一场一场的离别。有盛开，必有凋零。这也是没有办法的事。好在曾经拥有过，还能捡拾起零星的回忆，也算是安慰了。

我的外婆。一个瘦弱矮小的女人，一生清苦。她育有五个子女，除我母亲外，过得都不太如意。外婆帮衬了这个，再帮衬那个，不得清闲。晚年的外婆，帮衬不动了，索性一个也不帮了，她说，儿孙自有儿孙福。她在屋门前搭黄瓜架，一个夏天，都是满架黄花，美得很。她在黄瓜架下坐，给自己做寿衣，把身后事安排得妥妥帖帖。外婆走时，面容平静，睡着了一般。她给我留下的最深印象是，满头泼墨一样的黑发。即使老了，也是。我拥有相当好的发质，应该遗传自她。

我的祖母。一个气质好面皮白的女人。她出身大家，早年享尽荣华富贵。几场运动中，她吃过相当多的苦。她在世时，常跟我们历数她吃过的那些苦，双眼染上泪花。她说，吃的那些苦，狗都不闻啊。她晚年算得上幸福，儿孙满堂。这让她倍感珍惜，她常捧着饭碗感叹，赶上好时代了。

祖母有颗佛心，对人，对事，极尽善心。不知多少过路的陌生人喝过她盛的水，吃过她盛的饭。她挽救过不少吃了鼠药的猫狗。记忆里，有只黑猫对她非常忠心，别人都亲近不得，唯独她，只要轻轻一唤，那猫儿就欢天喜地地扑向她。因为她救了它的命。家里做了好吃的，祖母必要分邻居们一些。人家吃下去，比自己吃下去好，祖母每每总是笑着这样解释。祖母走时，送葬的队伍蜿蜒数里，邻居们一个不落。

祖母对我影响最深的一句话是：人在做，天在看。我不是个多么优秀的人，但我可以肯定地说，我是个善良的人。我的善良，与我祖母的言传身教，是分不开的。

我的祖父。丁家四少爷。我的老太晚年生下他，疼爱得不得了。他喜玩，不事农活，会扎风筝，爱看古书，会讲三国，爱听京剧，喜种花草……一句话，他是个玩家。他一生都在玩，纵使家里穷得揭不开锅的日子，他也有心思用破纸片扎风筝，后面跟着一帮孩子。他曾在大上海的十里洋场里待过好长一段时间，当过黄包车队队长，在大剧院听过梅兰芳唱戏，——这成了祖父一生中最光辉灿烂的日子。

等我有了记忆，我的祖父，已是一乡下平凡的老头儿。他也还是喜欢玩，成天捧着台收音机，听京剧。哪里有热闹，就往哪里扎。到八十多岁了，他还能骑着辆自行车，满世界溜达。在祖父，吃穿住都不算问题，怎么着都能凑合的，唯独，不能缺少乐趣。他侍弄的大丽花，每年都开出碗口大的花。

九十岁这年，祖父查出胃癌，还有前列腺炎。这两种病，把祖父折磨得死去活来。祖父在九十二岁上，走了。走前把哪儿哪儿藏有几百块钱，交代清楚了。办丧事用的白布放哪儿，交代清楚了。他死后烧的箔放哪儿，交代清楚了。这些，他提前备下了。他至死，也是个明白的老头儿。

祖父对我的影响是，凡事都没有想象的那么糟糕，好好过好当下吧，当下快乐最重要。

爱如山路十八弯

小时，她曾试图用她的优秀瓦解父亲脸上的威严，她努力做着好孩子，礼貌懂事。当她把一张一张的奖状捧至父亲跟前时，她难掩内心的激动，脸上有飞扬的得意。然而父亲只是淡淡看一眼，说，还要继续努力。

如此的不在意，深深刺痛了她。她甚至怀疑自己不是父亲亲生的。她跑去问母亲，母亲抚抚她的头说，怎么会呢？生你的时候，你爸一高兴，从不喝酒的人，喝掉半斤二锅头呢。

哪里肯信？回头看父亲，父亲不动声色在翻一份报，怎么看怎么不像一个爱她的人。

这以后，她总跟父亲对着干，惹得父亲对她频频发火。她不吭声，倔强地看着父亲，最终，是父亲先叹一口气，转身而去，脚步蹒跚。母亲曾哭着劝，你们父女两个，是前世的冤家么？她想，或许是吧。

高中分文理科时，父亲建议她学文，那是她的特长。她偏偏选了学理。大学填报志愿时，父亲要她填师范专业，照父亲的想法，女孩子做老师，是最理想的职业了，安稳又安全。她偏不，而是填了建筑专业。气得父亲干瞪眼。

大学毕业那年，她有心回到父母所在的城市找工作。如果父亲很温和地劝她留下，她一定会留下。但父亲没有。她一气之下，跑到千山万水外去了。

一个人在外拼搏，很难。举目的陌生，更是让心，多了几层寒冷。好在不久后她遇到好人，在公司看大门的张伯，总对她关怀备至。下雨天他会给她送伞。家里做了好吃的，他会用半旧的饭盒装着，给她带了来。她好奇地问张伯，怎么对我这么好？张伯笑笑说，你像我女儿啊，我也有个这么大的女儿，在外地读大学呢。那一刻，她想到父亲，心，突然很疼很疼。

母亲不时会给她寄东西来，吃的穿的用的，都有。父亲却不曾有只言片语来。她由此更坚定了，父亲，是从不曾爱过她的。她对自己说，不要去想他。

那日，张伯过生日，喊她去他家吃饭。在张伯家，她受到张伯老两口热情的接待。她陪他们一起包饺子，热热乎乎像一家人了。吃饭时，张伯一高兴，喝多了，大着舌头对她说，丫头，你有一个好爸爸啊，他左一个电话，右一个电话，拜托我要好好照顾你，说你性格犟，怕你吃亏呐。什么时候他来看你了，我一定要和他喝两盅。

她的惊奇无以复加。她问张伯，你怎么认识我爸的？张伯摇摇头呵呵乐了，说，也只是电话里认识，还没见过面呢。一个真相，让她的心，顷刻间翻江倒海起来，张伯，不过是父亲战友的朋友的朋友。

原来，山路十八弯，通向的，都是一个叫爱的地方。千万重山水，也阻隔不了，一个父亲的爱。

母亲的心

那不过是一堆自家晒的霉干菜，自家风干的香肠，还有地里长的花生和蚕豆，晒干的萝卜丝和红薯片……

她努力把这些东西搬放到邮局柜台上，一边小心翼翼地询问，寄这些到国外，要几天才能收到？

这是六月天，外面太阳炎炎，听得见暑气在风中“滋滋”开拆的声音。她赶了不少路，额上的皱纹里，渗着密密的汗珠，皮肤黝黑里泛出一层红来。像新翻开的泥土，质朴着。

这天，到邮局办事的人，特别多。寄快件的，寄包裹的，寄挂号的，一片繁忙。她的问话，很快被淹在一片嘈杂里。她并不气馁，过一会儿便小心地问上一句，寄这些到国外，要多少天才能收到？

当她得知最快的是航空邮寄，三五天就能收到，但邮寄费用贵。她站着稍稍想了想，就做出决定，航空邮寄。有好心的人，看看她寄的东西，说，你划不来的，你寄的这些东西不值钱，你的邮费，能买好几大箱这样的东西呢。

她冲说话的人笑了，说，我儿在国外，想吃呢。

却被告知，花生、蚕豆之类的食物，不可以国际邮寄。她当即愣在那儿，手足无措。她先是请求邮局的工作人员通融一下。就寄这一回，她说。邮局的工作人员跟她解释，大妈，不是我们不通融啊，是有规定啊，国际包裹中，这些属违禁品的。

她“哦”了声，一下子没了主张，站在那儿，眼巴巴望着她那堆土特产出神，低声喃喃，我儿喜欢吃呢，这可怎么办？

有人建议她，给他寄钱去，让他买别的东西吃。又或者，你儿那边也有花生蚕豆卖的也说不定。

她笑着摇头，再摇头。突然想起什么来，伸过头去，问邮局的工作人员，花生糖可以寄吗？里边答，这个倒可以，只要包装好了。她兴奋起来，那么，五香蚕豆也可以寄了？我会包装得好好的，不会坏掉的。里边的人显然没碰到过寄五香蚕豆的，他们想一想，模糊着答，真空包装的，应该可以吧。

这样的答复，很是鼓舞她，她连声说谢谢，仿佛别人帮了她很大的忙。她把摊在柜台上的东西，一一收拾好，重新装到蛇皮袋里，背在肩上。她有些歉疚地冲柜台里的人点头，麻烦你们了，我今天不寄了，等我回家做好花生糖和五香蚕豆，再来寄。

她走了，笑着。烈日照在她身上，蛇皮袋扛在她肩上。大街上，人来人往，没有人会留意到，那儿，正走着一个普通的母亲，她用肩扛着，一颗做母亲的心。

手心里的温暖

他在十五岁那年，开始叛逆，敢对着父亲瞪眼睛，敢迎向父亲的拳头。

做他父亲的人，显然一愣，举起的拳头，停在半空中。他头一偏，睨了父亲一眼，然后丢下发愣的父亲，头也不回地走了。他心里有胜利的喜悦在欢腾，他终于，可以直视父亲了！

从小的记忆里，镌刻的，是对父亲的惧怕，那惧怕里，甚至带着恨。母亲也是怕父亲的，父亲嗓门儿一高，母亲立即噤了声。他挨父亲打的时候，母亲也不敢护他，只在事后揉着他的伤哭，说，你爸也是为你好。

为他好什么呢？他想不明白。他不过是打碎一只碗，不过是跟同学打了一场架，不过是把墨汁泼到衣裳上，不过是贪玩了一会儿……父亲统统不听他分辩，总是挥拳就打。他真的搞不懂啊，作为一所重点中学校长的父亲，在别人面前那么和蔼可亲，谈笑风生，怎么到了他面前，就是那么霸道的一个人？他甚至怀疑，他不是父亲亲生的。邻居们在他还很小的时候，开他玩笑，说，小强，你是你妈在垃圾桶旁边捡到的。他信以为真。再上街，看到捡垃圾的男人，他总会想一想，那个人，是不是他的亲爸爸。他情愿跟着那样一个爸爸去，哪怕天天穿破衣裳。

那个时候，他唯一的愿望，是快快长大，长到个子超过父亲。他要把他所受的痛，统统还给父亲。他十五岁这年，个子猛地蹿高，不经意地，竟超过了父亲。冲突因一件小事而起，他因喜欢看足球，那日作业没做，就看电视了，一直看到半夜。父亲回来，见他还在电视机前大呼小叫，立即怒不可遏，一拳挥过来。这一次，他没有躲避，而是昂着头，看着父亲，带着挑衅。他听到父亲一声叹，你大了。举起的手，颓然放下。

第二天傍晚放学，他故意不回家，在外面闲逛，一直逛到万家灯火都亮得疲倦了。他想象父亲发火的样子，甚至想好对策，如果父亲再打他，他就来个离家出走。然那日，父亲没有动手，父亲坐在沙发一角翻报纸，一直一直没抬头。倒是母亲，埋怨了他两句，怎么这么晚才回来？你不知道我和你爸有多担心吗？

他不理母亲，兀自一个人进了房间，关上门睡觉。那一觉，睡得特别香。半夜醒来，听得父母房内，有嘈嘈切切的说话声，还伴有父亲的咳嗽和叹息。他空空地听了会儿，翻个身，又睡过去。

那以后，他叛逆的心，越走越远。父亲越不允许做的事，他越对着干。父亲多次对他挥起拳头，又多次颓然放下。这反而加深了他的怨恨，他以为，父亲的妥协，只是因为，他长大了。父亲原是不爱他的。

他开始逃课，和街上一帮小青年混到一起。他染黄头发，还学会了抽烟。父亲常去大街上把他找回，阴沉着一张脸对他说，我只供你到18岁，18岁后，你自食其力。

他把这话听进耳里，想，到底是不爱的，想扫地出门呢。他并不觉得前途的可怕，跟着一帮小青年总能混口饭吃的。他还是经常逃课，和小青年们一起，在街头横冲直撞。小青年们不知从哪里搞来钱，他们一起花着玩儿，青春年少的天空，一片混沌。

出事是在他17岁那年，小青年们在街头闹事，打伤人，他当时也在其中。他被抓进派出所，父亲去了，那么高大伟岸神采飞扬的一个人，突然间矮了下去，跟在办案民警后面，态度谦卑得恨不得低到尘埃里。他远远看着，心被什么猛击了一下，生疼生疼。

他被父亲领回家。他以为父亲这次定不会轻饶他的，然父亲什么也没说，只吩咐母亲，快给他做饭。他埋头吃饭的当儿，觉得旁边有个黑影移过来，静静立在他身后。他知道，那是父亲。他静坐着不动，那黑影也不动，空气凝固成一坨冰。他想，若是父亲这次打他，他定不还手。然父亲的手，只轻轻落到他头上，粗糙而柔软。父亲抚摸了他一下，说，你好好的吧。他的眼里，突然涌出泪来。他不答父亲的话，假装埋头吃饭。父亲再站一会儿，转身走了。

第二天，母亲悄悄告诉他，你爸哭了，哭了大半夜。母亲说，你这孩子，要把你爸伤到什么程度才罢手啊？他愣住，就那么愣在一方薄凉的空气中。五月了，花在窗外开得轰轰烈烈，他的心，开始疼。

他安静下来，认真读书。他本是个聪明的孩子，稍稍认真，成绩便直线上升。他与父亲，关系却尴尬着，以往的种种，总是千般滋味万般感受涌上心头。两个人碰面了，也多半无话。

很快参加高考，一路顺风，他考到离家很远的一个城市去读书。父亲只淡淡说了句，一切好自为之。他听了，心里有隐隐的失落。

四年大学，父亲没有到学校看过他一次，倒是写过一封信。信里，父亲写道，好好做人。——简单明了。他把信翻来覆去看，看不出温度来。

偶有电话回家，都是母亲接。母亲唠叨得很，怕他冷了怕他饿了怕他不会洗衣裳。他嘴里跟母亲闲闲说着话，耳朵却竖着，听母亲边上的动静。他听到父亲在一旁咳嗽，他希望父亲接过电话，对他说一两句话，父亲却始终没有，他怏怏放下电话。改天，母亲突然电话至，要他记得加衣裳，说有冷空气将降临他所在的城市。他诧异地问母亲，你怎么知道的？母亲说，你爸天天看天气预报呢，看你那里的天气。

父亲肺部查出阴影，是他毕业那年的事。那时候，他正为工作四处奔波。父亲出人意料地打了一个电话给他，父亲问他，忙吗？他在电话里犹豫了两秒钟，回父亲，忙。父亲没再说什么，只关照，忙完记得回家看看你妈。

他不知道那时父亲已躺在医院里，咳出的痰里，有血块。诊断结果，是肿瘤，恶性。他得知这消息时，父亲已动过两次手术了。他的心，一刹那间痛得如刀割。

他回家，买了父亲喜欢吃的橘。父亲半倚在病床上，正跟母亲说着话，看到他，脸色一喜，随后又黯下来，没好气地说，不好好工作，跑回来做什么？他不还嘴，慢慢走到父亲跟前，把橘提到父亲跟前晃，说，我买的。父亲“哼”一声，他在那声哼里，听出温柔来。他慢慢伸出手去，握住父亲的手。父亲的手，在他掌中颤抖了一下，复而紧紧握住他的手。父子两个人，像老朋友似的，对望着笑。父亲突然擂他一拳，你这个坏小子！他回父亲一拳，你这个坏爸爸！他们的手，又紧紧相握到一起。那一刻他终于知道，这个他误解了二十多年的男人，是这么渴望跟他握手，好把他手心里的温暖，传递给他。

饺子里的爱

她从小不是个娇生惯养的孩子，兄弟姐妹多，且家穷，记忆里少有温情。她仿若一棵野蒿子，随风自生自长着。印象里，母亲总是喋喋不休着，父亲总爱板着张脸。每日里，她与父母虽近在咫尺，却像隔了万重山水。那时她最大的愿望是，逃离父母，有一间自己的房子，养几只活泼的猫和狗。

这期间，她生过一场大病，病得昏昏沉沉。医生说，可能没治了。恍惚中，听到母亲的哭声响起，她小小的身子被母亲搂在怀里。她觉得自己好像躺在一片花海中，天空很高，云朵很白，她轻盈得要飞起来了。母亲的声音像梦呓，母亲问："乖乖，你醒醒啊，想吃什么，妈给你做。"她听见从自己的心口上蹦出两个字——饺子。

是的，她想吃饺子。穷家里，上顿下顿都是稀饭，饺子只有过年时才吃到，是她吃过的最好吃的东西了。

不知母亲是怎样想的办法，真的就包了一碗饺子来，是她喜欢的牛肉馅的。当她闻见热腾腾的饺子味，她像被施了魔法似的，睁开紧闭了好几天的眼睛，坐起来，狼吞虎咽把一碗饺子吃下去。

她的病，奇迹般地好了。一切又回归到旧日子里，病中感受到的温暖，像稍纵即逝的一点火花，快速地闪了闪，便消失得无影无踪。她还是她，一个如草芥一般的丫头。父母还是那样的父母，与她隔着万重山水。

她几乎是迫不及待长大的，爱上了一个男人。那个人身无长物，学历也低，她还是沦陷了，只因他很会嘘寒问暖甜言蜜语。父母坚决不同意，说那个人装了一肚子的草，浮夸，不稳重，不能给她带来幸福。她冷笑，回父母道："别跟我说幸福，我只知道这个世上还有个人肯爱我，就是我最大的造化了。"最后，她不惜与父母闹翻，嫁给了那个人。

婚后没多久，那个人的劣根性暴露无遗，成天游手好闲不说，还爱酗酒，喝醉了就对她拳打脚踢，她身心皆疲。若干回地纠缠过后，她不得不选择放手。一个人关在屋子里，心灰意冷，觉得再没有活下去的必要了，想着种种结束生命的方式。

这时候，久未联系的父母，突然上了门。父亲手里提着一只瓦罐，竭力咧开嘴对她笑，讨好地冲她晃晃瓦罐："猜猜，这里面装着啥好吃的？"母亲在背后擂了父亲一拳："哎呀，你这个人，跟女儿还兜什么弯子？"母亲接过瓦罐，举到她跟前，笑着说："这是你最爱吃的牛肉馅饺子，妈给你包了点送来，你趁热吃了吧。"

她的心里，有些翻江倒海了。她想起小时生病时的那碗牛肉馅饺子，事后得知，那是母亲用两只银耳坠换来的。那两只银耳坠，是当年母亲身上唯一值钱的东西。

"快趁热吃吧，还热着呢。"父亲取来筷子，母亲取来碗，他们一左一右坐到她身边，"没有什么过不去的坎。你就当是走路磕着了，磕破了点皮，过些日子就好了。"他们说。

她看看父亲，又看看母亲，这才发现，二十多年的时间里，她竟从未曾认真打量过他们。他们的脸上，爬着那么深刻的沧桑，每一粒沧桑里，都住着她和她的兄妹。她挽在心中多年的心结，慢慢解开了。

这顿饺子，她吃得格外的香。

如果可以这样爱你

母亲坐在黄昏的阳台上，母亲的身影湮在一层夕照的金粉里，母亲在给我折叠晾干的衣裳。她是来我这里看病的，看手。她那双操劳一生的手，因患类风湿性关节炎，现已严重变形。

我站在她身后看她，我听到她间或地叹一口气。母亲在叹什么呢？我不得而知。待得她发现我在她身后，她的脸上，立即现出谦卑的笑，梅啊，我有没有耽搁你做事？

自从来城里，母亲一直表现得惶恐不安，她觉得她是给我添麻烦了，处处小心着，生怕碰坏什么似的，对我家里的一切，她都存了敬意，轻拿轻放，能不碰的，尽量不碰。我屡次跟她说，没关系的，这是你女儿家，你想做什么就做什么。母亲只是笑笑。

那日，母亲帮我收拾房间，无意中碰翻一只水晶花瓶。我回家，母亲正守着一堆碎片独自垂泪，她自责地说，我老得不中用了，连打扫一下房间的事都做不好。我突然想起多年前，我还是个小小女孩时，打碎家里唯一值钱的东西——一只暖水瓶，我并不知害怕，告诉母亲，是风吹倒的。母亲把我上上下下检查了一遍，看我伤了没有，而后揪我的鼻子，说，还哄妈妈，哪里是风，是你这个小淘气。我笑了，母亲也笑了。现在，我真的想母亲这样告诉我，啊，是风吹倒的。母亲却没有，尽管我一再安慰她没事的没事的，母亲还是为此自责了好些天。

送母亲去医院，排队等着看专家门诊。母亲显得很不安，不时问我一句，你要不要去上班？我告诉她，我请了假。母亲愈发不安了，说，你这么忙，我哪能耽搁你？我轻轻拥了母亲，我说，没关系的。母亲并不因此得到安慰，还是很不安，仿佛欠着我什么。

轮到母亲看病了，母亲反复问医生的一句话是，她的手会不会废掉。医生严肃地说，说不准啊。母亲就有些凄然，她望着她的那双手，喃喃语。这怎么办呢？出了医院，母亲跟我叹着气说，梅啊，妈妈的手废了，怕是以后不能再给你种瓜吃了。我从小就喜欢吃地里长的瓜啊果的，母亲每年，都会给我种许多。我无语。我真想母亲伸出手来，这样对我说，啊，妈妈病了，梅给我买好吃的。我小时病了，就是这样伸着手对着母亲的。我说，妈妈，梅病了，梅要吃好吃的。母亲便想尽办法给我做好吃的。有一次，母亲甚至卖了她珍爱的银耳环，给我买我想吃的鸭梨。

带母亲上街，给母亲买这个，母亲摇摇头，说不要。给母亲买那个，母亲又摇摇头，说不要。母亲是怕我花钱。我硬是给她买一套衣，母亲宝贝似的捧着，感激地问，要很多钱吧？我想起小时，我看中什么，总闹着母亲给我买，从不曾考虑过，母亲是否有钱，我要得那么心安理得。母亲现在，却把我的给予，当作是恩赐。

街边一家商场在搞促销，搭了台子又唱又跳的，我站着看了会儿。一回头，不见了母亲。我慌了，大字不识一个的母亲，如果离开我，她将怎样的惶恐？我不住地叫着妈，却见母亲站在不远处的一棵梧桐树下，正东张西望着。看见我，她一脸惭愧，说，妈眼神不好，怎么就找不到你了，你不会怪妈妈吧？突然有泪想落，多年前的场景，一下子晃到眼前来。那时我不过四五岁，跟母亲上街，因为贪玩，跑丢了。当母亲一头大汗找到我时，我扑到她怀里委屈得大哭。母亲搂着我，不住嘴地说，妈不好，妈不好。而现在，我的母亲，当我把她“丢”了后，她没有一丁点委屈，有的，依然是自责。

我上前牵了母亲的手，像多年前，她牵着我的手一样，我不会再松开母亲的手。大街如潮的人群里，我们只是一对很寻常的母女。如果可以这样爱你，妈妈，让我做一回母亲，你做女儿，让我的付出天经地义，而你，可以坦然地接受。

那些疼我的人

三月天，蜜蜂从土墙的洞里钻出来，嗡嗡闹着。柳树绿了。桃花开了。菜花更是开得惊心动魄，铺一望无际的黄。上个世纪七十年代的乡下，这个时候，正是青黄不接，有什么可吃的呢？没有的。

我去爬屋后的小木桥。小木桥搭在小河上方，桥下终年河水潺潺。湍急的水流，在幼小的我的眼里，很可怕，我害怕从桥缝里掉下去。那样的害怕，最终会被一种向往所抵消。爬过木桥，就可以到达几里外的外婆家，外婆会给我一只煮鸡蛋，或是炒一捧蚕豆。这是极香的诱惑。

我很幸运，每次都能安全地爬过木桥去。矮矮的外婆见到我，眼睛笑眯成一条缝。她手里正补着衣，或是纳着鞋底，她会立即放下手里的活，去灶边生火。一瓢清水倒进锅里，腾起一股热浪来，我知道，我可以有煮鸡蛋吃了。一脸威严的外公埋怨她："那是换盐的鸡蛋啊，家里快没盐了。"外婆挡着，说："小点声，别吓着孩子。"他们在屋里嘈嘈切切地吵。我不管那些的，有外婆护着，有香香的煮鸡蛋可吃，便觉得自己是世上最幸福的孩子。现在想来，那时我真是不懂事，不知吃掉外婆家多少的盐，害得外婆一到饭时，便受到外公的责备。

记忆里，也总是体弱，常生病。一病就是半个月。这时有两个女人围着我转，一个是祖母，一个是母亲。光线微弱的茅草房里，祖母的影，隐在半明半暗中，身上有种奇异的温暖。我躺在床上看她，她端一只水碗，放在门后，手里握几根筷子，蹲下身去，嘴里念叨着什么，一边叫着我的名字。“你们不要摸我家的梅呀，让她快快好起来，我给你们烧纸钱。”筷子终于在水碗里站立起来，祖母便长吁一口气，她的祷告灵验了。迷信的祖母，用她自认为可以为我消灾免难的站水碗的法子，一次次为我祷告。祷告完了，她的手，会抚过我的脸，沙子吹过的感觉。岁月锻造得她手的肌肤很糙，却暖极。她问我：“乖乖，你的病就快好了，想吃什么？奶奶给你做。”那时摊一块摊饼，是最难得的美味，我每次都会提这个要求。祖母每次都会满足我，家里没摊摊饼的白面，她得去问邻居借。摊饼上好闻的葱花味，香了整幢房。以至于我觉得，生病不是苦，倒是一件十分幸福的事。

我有过大难不死的几次。母亲说：“有一次出天花，全村83个孩子都出天花了，你是最严重的一个。高烧昏迷，人事不知，医生说，没治了，让准备后事。我抱着你，七天七夜没合眼。你呀……”母亲没有继续这个你呀，她笑着说起另外的事，关心着我现在是不是还常常熬夜。“不要熬夜呀，人吃不消的。你要好好的呀。”母亲这样说。我却在她那一句未完的“你呀”后面浮想联翩，想我是这么一个难缠难养的孩子，母亲的心，不知碎过多少回。大雪的天，我又突然生病，母亲顶着风雪去找医生，医生来，说，不行，得赶紧送街上的医院去。街离村子有几十里路，父亲又不在家，风大雪大的，母亲却决定一人，用拖车拖我去医院。母亲真的上路了，把我用被子里三层外三层地裹好。一路上，母亲跌过不知多少跟头，我却安然无恙。到达医院，医生看着雪人一样的母亲，感动了，立即给我做检查，是急性肺炎，晚一会儿，就难治了。我的病好了，母亲的额上，却留着一指长的一块疤，像一条卧着的小蚕。我抚母亲的那块疤，问母亲后不后悔生了我。母亲嗔怪地打掉我的手，说一句：“你呀！”

父亲也会跟我说："你呀！"是说我成长中种种的让人不省心。求学时，转过不少学校，听说哪里教学条件好，就闹着要去哪里。父亲为此跟着后面跑断腿。风高月黑，还骑着辆破自行车到处奔波，托人帮我找关系。到达青春时节，爱情成了一件磨人的事，疼痛的心，无处可依。月夜独坐外头，父亲跟出来，坐我身边，跟我讲我小时候的趣事，他在一边呵呵笑，说："你小时候，真是一个可爱的丫头，这样的丫头，怎么会没人疼呢？相信，会找到一个疼你的人的。"心竟在那一刻平静。我也笑，觉得即使天塌下来，也还有高个子的父亲帮我顶着，我怕什么呢？我没有什么怕的了。

婚姻中，遇到那人，不是貌似潘安，才似柳永，却会在我生病的时候，守我身边，给我削梨子。会在我磕疼的时候，给我揉淤血的膝盖，一边责怪："怎么这么不小心？"会买我爱吃的鸡蛋卷回来，还有我喜欢的花花草草，摆上一阳台，还是不满足，我说我还要。他答应一声："好。"有时会明知故问："你宝贝我吗？"他说："我不宝贝你，还能宝贝谁呢？"时光刹那停住，天荒地老。

现在，我在织一件毛衣。要冬了，儿子的毛衣嫌短了。我挑橘黄的颜色，选一种小熊猫的图案，这样织出来，一定漂亮非常。想儿子穿上，会极帅气的。儿子在一边看着，问："妈妈，是给我织的吗？"我答："不给你织，给谁织呢？""那么，妈妈，你是宝贝我的吗？"我答："我不宝贝你，还能宝贝谁呢？"思绪在那一刻拐了弯，我生命中那些疼我的人，一一浮现出来。我痴痴地想，上帝送他们来，就是为了来疼我的。就像我疼我的儿子一样。世间的美好，原是被这样的爱写成的。

如今，我的外婆和祖母，都已先后去世了。很得安慰的是，她们走时，我在她们身边。她们看着我，最后疼爱的光亮，像淡淡的紫薇花瓣落下，落在我的脸上，留在这个世上。

母亲的守候

这些日子对他来说，是昏天黑地的。与人合伙做生意被骗，血本无归，还欠下几十万的债。曾经跟他山盟海誓的妻子，投入他人怀抱。他一下子跌入无底深渊，不时外出买醉。酒醒时，他已睡在自己的房间里，身上盖着轻软的被，枕巾上散发着好闻的香皂味。房间的窗帘半拉着，外面的光线透进来，一些微尘，在光线里跳着舞。他对着那些微尘，发一回呆，他不记得日子是如何轮转的，前路茫茫，他陷在一片混沌中。

家里静。自从他“出事”以来，母亲总是轻手轻脚的，生怕惊动他。母亲洗衣，做饭，掸尘……母亲的身影，有些蹒跚，一条腿好像出了问题。他有点疑惑，但到底什么也没问。他想，母亲整天待在家里，能有什么事呢。

他躺在床上正胡思乱想着，一个平时疏于往来的朋友突然造访，盛情邀请他一起去旅游，说是他们公司给员工的福利，有个同事不去，多出一个名额来。母亲表现得比谁都开心，母亲说，是该出去走走了，春天了，外面的花都开好了呢，你去看看吧。忙着给他打点行装，跛着一条腿。他狐疑地看看母亲的腿，母亲感觉到了，笑笑拍拍腿说，老毛病了，关节疼呢。他什么也没说，转移了视线。

半路上，他和朋友停在路边饭店吃饭。他习惯性地要了一瓶烈性酒，朋友拦住他，朋友说，你别再喝了，为了你母亲。

我母亲怎么了？他看着朋友，有些惊讶。朋友犹豫半晌，说，你母亲一个人不容易呢。

在他的一再追问下，朋友说了实情，他来拉他一起去旅游，是他母亲的主意，是他母亲一趟一趟的恳求，最终打动了他。自他“出事”后，母亲整天提心吊胆着，害怕他再出事。他每次外出买醉，母亲都远远跟着，他喝多久，母亲就在门外守多久，有时要守到深更半夜。他醉了，是母亲一路跌跌绊绊地把他弄回家。他呕吐得满床皆是污秽，是母亲帮他清洗掉，给他换上干净的被子枕巾。这天，他又喝得酩酊，母亲去搀他，被他甩手推开，母亲摔倒了，腿磕到椅脚背上，伤到了骨头，到现在还没好。

混沌的日子，一点一点明晰起来，母亲的身影或远或近。他举着酒杯的手，愣在半空中。他对朋友说，回去吧，我想回去。

母亲开的门。母亲的惊诧里，有着不安，母亲小心地问，你怎么回来了？是玩得不开心吗？他呆呆看着母亲，发现母亲又苍老了一轮，背也有些驼了。他什么话也说不出，张开双臂，紧紧抱住母亲。

他流泪了。母亲也流泪了。母亲说，儿啊，会过去的，一切都会过去的，妈相信你。他轻声嗯着，使劲点了一下头。

是啊，有母亲在，还有什么坎不能跨过去呢？明天是个好天吧，他想，该收拾好残局，重新出发了。

向一棵草学习

PART Ⅳ —— 第四辑

花盆里的狗尾草

只要有狗尾草生长，我的故乡，
它就永远不会在岁月里走丢。

槐树和喜鹊

老家多槐，乡人们对槐树的感情有些像亲人。小时走亲戚，被关照，拐过路口那棵大槐树就到了呀。于是路口的大槐树，就成了一个目标，一个依托。

那时的愿望，不过是想要一盒彩笔，一根扎辫子的红绸带。童心里，不贪，只要手握住的幸福就可以了。槐树到底也没开口说话，倒是父亲，常指着门口的大槐树，对我和姐姐说，这是将来给你们做嫁妆的呀。

槐树开花时，不用眼看，用鼻子嗅嗅就知道了。那时空气中，满布的都是槐花的甜味儿，甜得缠人。河边的槐树，因势而长，长得很艺术，虬着枝干。一树的花，垂挂着，伸手可捋。村人们路过，总要捋上两把槐花，挂到掮着的锄柄上，一路走着，一路吮着。小孩子身子灵巧，小猴儿似的，眨眼之间，已爬到高高的槐树顶上去了，坐在一丛花里面，吃个饱。再下来，那衣兜里，塞得满满的，都是槐花了。奶黄的小朵儿，一串串，在口袋边招摇，像风的尾巴。我祖母手巧，曾熬过槐花糖给我们吃。至于用槐花做菜肴、做馅，就更为家常了。

在这里，我要说的不是这些，我要说的是喜鹊跟槐树。如果说槐树是乡村里最常见的树，那么喜鹊，就是乡村里最常见的鸟。乡下孩子刚睁眼看这个世界，年轻的妈妈就会指着屋前槐树上的大鸟让他认，那是喜鹊呀。乡人们对喜鹊的喜欢，带着宠，带着偏爱，“喜鹊叫，喜事到”。喜鹊其实每天都在叫的，但我们就是相信了这一句话，认为所有的好事，都是喜鹊叫来的。

喜鹊的窝，大多垒在高高的槐树上，须仰了头望。大冬天，一些鸟都飞到南方去了，喜鹊却不走，它恋家得很。它站在光秃秃的枝丫上，快乐地喳喳着。淡淡的阳光，从枝头筛落下来，泊一片浅粉的温暖。

这是记忆里的家园，有槐树，有喜鹊，天空干净得像一块白棉布。以至于多年后，我在别处一看到槐树和喜鹊，就想到老家，就想起儿时。那种亲切，是骨子里的。

蜗螺人生

它叫蜗螺，我的乡人们是这么叫的。

蜗螺是河里的繁华，那是因为多。凡有河的地方，总聚集着数不尽的蜗螺，在水草间，在淤泥中。

那时的河水，清且涟漪。人们日常吃的水，是河水。一家一口大缸，蹲在厨房里，是稳当当的家常日子。家里男人起早干的第一桩事，就是去河里挑水。把水缸挑满了，全家人一天吃的水，就不用愁了。

人们的洗洗涮涮，也都到河里。沿河散落人家，各家通向河里的小路弯弯曲曲。小路两旁草长得茂密，花开得热闹。河边有歇脚的青石板，亦有用木头做的桥码，搭在水边，洗涮时，人蹲在桥码上。收工回来的农人，到河边蹲桥码上洗把脸，隔河聊聊家常。手也没闲着，顺着桥码往下随便摸。桥码下，有水草丛生。水草是蜗螺的家，它们密密麻麻聚集在那里，一掏一大把。只听“哐啷”一声，一大把蜗螺，已丢进了身边的铜盆里。好了，中午下饭的菜就有了，是韭菜炒蜗螺。

那时小鱼也多，小拇指大小，绕着桥码游得欢。它们不怕人，我们洗碗的时候，它们争相游来，抢碗里洗出的食物碎屑吃。小身子逐出细小的浪花，在水里面一圈一圈地展开。我们有时逗小鱼玩，在碗上蒙上塑料纸，上面掏一小洞，把碗放水里。小鱼们傻啊，游着游着就游进碗里来了。我们端起碗，看它们在碗里惊惶失措。真是快乐。那些乐啊，掉进水里，也成鱼游。

桥码，现已随着河流的消失而消失，当下很多年少的人已听不懂这个词了。却都知道蜗螺。当然，它有一个更文气的叫法，叫螺蛳。一般饭店都有这样一道菜——油爆酱螺蛳。糖醋油盐爆出青葱的味道，一颗一颗慢慢嘬，真是好滋味。

我家附近，借住着乡下来的一家人，一脸黝黑的父母，和小白杨似的儿子。儿子在小城的重点中学念书，他的父母陪了来。每天傍晚，他们用小板车推上煤气灶，带上锅铲，在街头摆摊炒蜗螺。他们炒的蜗螺香辣可口，分量又足，渐渐竟炒出了名。去买他们的炒蜗螺，都要排着队候着。男人负责炒，女人负责装袋收钱，有条不紊。他们并不因为买的人多，就偷工减料，每一份蜗螺，该配什么作料，他们一样不少地配上。足斤足两称给你后，还特地添上一把送你，临了，女人会微笑着冲着你说，替孩子谢谢你们啦！走好了，喜欢吃的话，欢迎您下次再来。

他们儿子上学的钱，都是一个一个蜗螺积攒起来的。他们对此，怀着深深的感恩。我想他们的儿子，这辈子也许会忘掉很多事，但对蜗螺，该是记忆中永远的暖。

花都开好了

记忆里，乡村多花，四季不息。而夏季，简直就是花的盛季，随便一抬眼，就能看到一串艳红，或一串粉白，趴在草丛中笑。

凤仙花是不消说的，家家有。那是女孩子的花。女孩子们用它来染红指甲。花都开好的时候，最是热闹，星星点点，像绿色的叶间，落满粉色的蝶，它们就要振翅飞了呀。猫在花丛中追着小虫子跑，母亲经过花丛旁，会不经意地笑一笑。时光便靓丽得花一样的。

最为奇怪的是这样一种花，只在傍晚太阳落山时才开。花长在厨房门口，一大蓬的，长得特别茂密。傍晚时分，花开好了，浅粉的一朵朵，像小喇叭，欢欢喜喜的。祖母瞟一眼花说，该煮晚饭了，遂折身到厨房里。不一会儿，屋角上方，炊烟就会飘起来。狗开始撒着欢往家跑，那后面，一定有荷着锄的父母亲，披着淡淡夜色。我们早早把四方桌在院子里摆上了，地面上洒了井水(消暑热的)，一家人最快乐的时光就要来了。花在开。这样的花开好的时候，充满阖家团聚的温馨。花名更是耐人咀嚼，祖母叫它晚婆娘花。是一个喜眉喜眼守着家的女子呀，等候着晚归的家人。天不老，地不老，情不老，永永远远。

喜欢过一首低吟浅唱的歌，是唱兰花草的，原是胡适作的一首诗。歌中的意境美得令人心碎：“我从山中来/带着兰花草/种在小园中/希望花开早。”一定是一个美丽清纯的乡村少女，一天，她去山中，偶遇兰花草，把它带回家，悉心种在自家的小园里，从此种下念想。她一日跑去看三回，看得所有的花都开过了，“兰花却依然/苞也无一个”。多失望多失望呀，她低眉自语，有一点点幽怨。月华如水，心中的爱恋却夜夜不相忘。是有情总被无情恼么？未必是。等到来年的春天，会有满园花簇簇的。

亦看过一个有关花的感人故事。故事讲的是一个女孩，在三岁时失了母亲。父亲不忍心让小小的她受到伤害，就骗她说，妈妈到很远很远的地方去了，等院子里的桃花开了，妈妈就回来了。女孩于是一日一日跑去看桃树，整整守候了一个冬天。次年三月，满树的桃花开了。女孩很高兴，跑去告诉父亲，爸爸，桃花都开好了，妈妈就要回来了吧？父亲笑笑说，哦，等屋后的蔷薇花开了，妈妈就回来了。女孩于是又充满希望地天天跑去屋后看蔷薇。等蔷薇花都开好了，做父亲的又告诉女儿，等窗台上的海棠花开好了，妈妈就回来了。就这样，一年一年地，女孩在美丽的等待中长大，健康而活泼，身上没有一丝忧郁悲苦的影子。在十八岁生日那天，女孩深情地拥抱了父亲，俯到父亲耳边说的一句是，爸，感谢你这些年来的美丽谎言。

花继续在开，爱，绵绵不绝。

画家黄永玉曾在一篇回忆录里，提及红梅花，那是他与一陈姓先生的一段忘年交。当年，黄永玉还是潦倒的一穷孩子，辗转教书，四处投稿，但每年除夕都会赶到陈先生家去过。那时，陈先生家的红梅花开得正好。有一年，黄永玉没能如期赶去，陈先生就给他写信，在信中这样写道：

花都开了，饭在等你，以为晚上那顿饭你一定赶来，可你没有赶回来。你看，花都开了。

你看，花都开好了。冰天雪地里，红艳艳的一大簇，直艳到人的心里面。它让我们完全有理由相信，这世界有好人，有善，有至纯至真。多美好！

祖母的葵花

我总是要想到葵花，一排一排，种在小院门口。

是祖母种的。祖母侍弄土地，就像她在鞋面上绣花一样，一针下去，绿的是叶。再一针下去，黄的是花。

记忆里的黄花总也开不败。

丝瓜、黄瓜是搭在架子上长的。扁扁的绿叶在风中婆娑，那些小黄花，就开在叶间，很妖娆地笑着。南瓜多数是趴在地上长的，长长的蔓，会牵引得很远很远。像对遥远的他方怀了无限向往，蓄着劲儿要追寻了去。遥远的地方有什么？一定是爱情。我相信南瓜定是痴情的女子，在一路的追寻中，绽放大朵大朵黄花。黄得很浓艳，是化不开的情。还有一种植物，被祖母称作“乌子”的。它像爬山虎似的，顺着墙角往上爬，枝枝蔓蔓都是绿绿的，一直把整座房子包裹住了才作罢。忽一日，哗啦啦花都开了，远远看去，房子插了满头黄花呀，美得让人心醉。

最突出的，还是葵花。它们挺立着，情绪饱满，斗志昂扬，迎着太阳的方向，把头颅昂起，再昂起。小时候我曾奇怪于它怎么总迎着大阳转呢，伸了小手，拼命拉扯那大盘的花，不让它看太阳，但我手一松，它弹跳一下，头颅又昂上去了，永不可折弯的样子。

梵高在1888年的《向日葵》里，用大把金黄来渲染葵花。画中，一朵一朵葵花，在阳光下怒放，仿佛是“背景上迸发出的燃烧的火焰”。

梵高说，那是爱的最强光。在颇多失意颇多彷徨的日子里，那大朵的葵花，给他幽暗沉郁的心，注入最后的温暖。

我的祖母不知道梵高，不懂得爱的最强光，但她喜欢种葵花。在那些缺衣少吃的岁月里，院门前那一排排葵花，在我们心头，投下最明艳的色彩。葵花开了，就快有香香的瓜子嗑了。这是一种香香的等待，这样的等待很幸福。

葵花结籽，亦有另一种风韵。沉甸甸的，望得见日月风光在里头喧闹。这个时候，它的头颅开始低垂，有些含羞，有些深沉，但腰杆仍是挺直的。一颗一颗的瓜子，一日一日成形，饱满，吸足阳光和花香。葵花成熟起来，蜂窝一般的。祖母摘下它们，轻轻敲，一颗一颗的瓜子就落到祖母预先放好的匾子里。放在阳光下晒，会闻到花朵的香气。一颗瓜子，就是一朵花的魂啊。

瓜子晒干，祖母会用文火炒熟，这个孩子口袋里装一把，那个孩子口袋里装一把。我们的童年，就这样香香地过来了。

如今，祖母老了，老得连葵花也种不动了。老家屋前，一片空落的寂静。七月的天空下，祖母坐在老屋院门口，坐在老槐树底下，不错眼地盯着一个方向看。我想，那里，一定有一棵葵花正在开放，开在祖母的心窝里。

一壶春水漫桃花

三月里桃花开。所以一进三月，我嘴里就一直念念着，看桃花去吧，看桃花去吧。

哪里看去？自然是乡下。乡下的桃花，是追着春风开的。那会儿，桃树上的叶还未长全呢，花朵儿却迫不及待地，一朵挨着一朵开了。呼啦啦，是一树花满头。小脸儿粉粉的，红晕浸染。如情窦初开的女子。

树不是特意栽种，像风丢过来的种子，河边或屋后，就那么随意地长着一两棵。普通得不能再普通。却不防，一朝花开，惹来满场惊艳：呀，原来不是乡下小姑娘啊，是仙子落凡尘的。

记忆里，有桃花点点，在小院里，还有屋后。花开得好的时候，褐黑的茅草屋，也被映得水粉水粉的，有了许多妩媚在里头。只是那时年少，玩性大，飞奔的脚步，哪肯停下来好好欣赏桃花？根本不知道花什么时候开的，又什么时候落了，就那样辜负了大好春光。现在想想，那时丢掉的何止是大好春光？总以为有挥霍不尽的好光阴，哪知青春变白首，也不过是一下子的事。

读大学时，许多女生曾结伴去看桃花，浩浩荡荡。郊外有桃园，花盛开的时候，是浅粉的海洋。一车子全是女生，叽叽喳喳着。等到跳进那花的海洋里，全都变成一朵朵桃花了。粉色的心，唯春风怜惜。

在花树下欢跳着东奔西跑，不期然的，遇到本班一个男生。那男生的目光一直尾随着一个女生，痴痴的。他是爱她的。他看她的目光里，有着千朵万朵桃花在漾。她却毫不知觉，只管在一树一树的花下穿行，欢叫。我在一旁看得感动，暗恋原是这般花影飘摇，迷离生动。我替那个女生急，我在心里叫，你快回头看看他呀，看看他呀。多年后得知，他并不曾携她的手。毕业后，他们各奔东西，他有了他的日子，她有了她的岁月。

唐朝崔护有首很著名的诗：“去年今日此门中，人面桃花相映红。人面不知何处去，桃花依旧笑春风。”诗人以桃花做了整首诗的底子，像白的宣纸上，泼了一团水粉，热闹着，又寂寞着。真叫人惆怅不已。花仍在，人却非。世间的缘分，原是这样的可遇不可求。

却记着那年那日，那人送我一枝桃花。桃花开在乡下的河边，他有事路过，禁不住那一树粉红的诱惑，趁人不备，去树上攀下一枝。百十里的路，他宝贝样的带给我，眼里汪着一整个春天。我于一刹那间爱上，从此义无反顾。那个春天，我的书桌上，有了一壶春水漫桃花。

这是他给予我的最浪漫的事。偶尔说起，我们已不乏当年青春的心里，会蒙上一层迷醉。一枝桃花的感动，竟是终身的，谁能想到呢？

买一把葱回家

爱葱。这爱，仿佛天生。小时祖母烙饼，我在一旁总要仰了头，再三恳求，要放多多的葱花呀。印象里，葱花大饼，是天下最美味的食物。

也喜欢看着葱绿一排，在门前，很安静很温馨的感觉。乡下女人都喜欢在门前栽一排葱，饭时，菜里透了葱的香，家常日子，就过出奢侈来。葱花，葱花，她们这样叫。像唤一个被宠着的小女儿，绿衣裳绿身子，是骨子里的清秀。

待得成家，守着一个人，在一方檐下过日子，远离故土，别的不念，就念葱。饭菜里没有它，就觉得饭菜失了味。所以，每每去菜市场，我总要另买几把葱。卖葱的老妇人，都有着一张慈眉善目的脸，让人看着亲切。我蹲在她们篮子前看葱，看她们。满足地微笑。凡俗的世界，葱绿一片，我充满感恩。

回家，系上碎花围裙，在厨房里叮叮咚咚。把葱切碎成葱花，这碗里搁一点，那碗里搁一点。碗里的一点点绿，就成绿蝌蚪，游弋着，活泼可爱的样子。他下班回家，站在厨房门口看我，眼里都是笑，他说，你真像个小媳妇哪。

回头还他一个笑。喜欢这个称呼，小媳妇。多么的好，是穿盘扣的衫，扎着发髻的女子，一个家，是她一辈子最大的天。我虽生于现世，却喜那种单纯和含蓄。有地老天荒的味道。

也喜在碗里长葱。碗是吃饭的碗，栽上几棵葱，普通的碗，立即有了生机。有生命在里面呢，让你时时怀了喜悦怀了等待。葱很快在碗里绿起来，一碗的绿。不舍得吃，把它放电脑旁，写字的间隙，抬头看一眼。葱在碗里，碗在我心里。很安宁。我想起张爱玲喜欢的搭配色，葱绿配桃红。这是张爱玲的苍凉，是寂静无人厮守的苍凉。在我眼里，葱绿，却是温暖到家的，是岁月静好。想来，无论怎样传奇的女子，终究要有人爱着才行的。

碗里长葱，不是我的独创。中学时，女生宿舍旁住一独身女老师，总是独来独往，形只影单。却极爱长葱，葱长在碗里，有四五只之多，置在窗台上，很有气势了。那一碗一碗的葱绿，在风里微微波动，像扬起的绿手臂。经年之后，回忆过往，我总要想到那一碗一碗的葱绿，不由自主地。也没有特别的场景和事件啊，记忆就是不肯将它忽略。某天，我辗转问到昔日同学，我们宿舍旁的那个女老师怎样了？同学说，早嫁人了，儿子都念完大学了。我笑起来，一颗心终于放下。

我所嫁那人，对厨房之事从来不闻不问。他不懂一碗水该放多少米才能煮出饭来。他不懂萝卜烧肉，先要把肉煮到八成熟再放萝卜的。某天，他突然心血来潮自告奋勇跑去菜市场买菜，回来时在家门口大着气儿叫，瞧，我买什么回来了？

出门去，看到他一手提着菜篮，一手举一把葱，对着我，像献宝的孩子。

我开心地笑了。他跑去买菜，竟没有忘了带一把葱回家。

一个记得买一把葱回家的男人，定是个好男人。

良家莴苣

喜欢看削去皮的莴苣，简直是出浴的美人哪，通体晶莹润泽，翡翠似的。如果某天偶得半天空闲，我喜欢到菜场去逛，看那些漂亮的蔬菜。我以为，蔬菜是极漂亮的，各有各的风姿，含情脉脉。其中，必有莴苣。我总会买回一些，去叶去皮，独自欣赏一番，而后凉拌或炒着吃。

莴苣好长，是农家必种的蔬菜之一。杜甫曾写过种莴苣："堂下可以畦，呼童对经始。苣兮蔬之常，随事蓺其子。"这劳作场面很有些声势的，在屋前大呼小叫的，只为种一畦莴苣。

我老家人家种莴苣，是没有杜诗人这样的大张旗鼓地。莴苣在乡下，是家常蔬菜，有些自生自长的意思。乡人们多半是在某个闲落的午后，眼光睃到屋后的一块空地了，想着要种点什么，于是随意撒下种子去。某一日去屋后，突然发现，那块空地上，莴苣已绿成一片。仿佛它们天生就长在那儿，是良家女子，很守规矩的样子。

那个年代，缺粮，却不缺蔬菜，譬如一地莴苣。肚子饿了，到地里随便拔一根莴苣，去皮，生吃。味微苦，却清新得很。有时也会吃得精致一点，烧汤或炒着吃。若是和了鸡蛋炒，算得上美味佳肴了。一般人家，只有待客时才做这道菜。

格林童话里，莴苣是个美丽的姑娘，有一头浓密的长发，头发长到能从塔顶垂到地面，上面可以悬挂爱情。多情王子日日攀着她的长发，避开女巫，与她相会。后来被女巫发现，这段爱情，遭受许多磨难。但最终，美丽的莴苣和王子过上了幸福的生活。——小小莴苣，原也有这样的传奇人生，宫殿深处，华衣锦服，一定极尽灿烂。想她什么时候流落到民间的呢？一经流落，就广为播种。五世纪，她远涉千山万水，从遥远的地中海沿岸，来到中国，成为百姓餐桌上日日相见的一道蔬菜。可见得，她原是良家的。

我记忆里，老家也流传过莴苣姑娘之说，是专伺菜园子的女神呢。秋后，有些人家会做法请莴苣姑娘，所用道具极简单，就是用一簸箕，上面插一根筷子，由两个少女搀着，在莴苣田边跪下来，口中念念着："请莴苣姑娘下凡来。"村人们会问"莴苣姑娘"一些疑难问题，妇人会问，会不会生男孩啦。老人们会问，还有多长时间可活。那根筷子，在事先备好的面粉上，不停画着圈，那是"莴苣姑娘"在作答呢。那一场面，充满神圣之感。我现在当然知道，那纯属无稽之举，哪里有莴苣姑娘？但众多的蔬菜里，偏偏莴苣成了乡人们心中的神仙，能让他们亲近，也足以说明，乡人们对莴苣的喜爱了。

姑娘，知道不？莴苣皮烧蛋汤，比生菜烧蛋汤还好吃。这是菜场的老大妈教我的。我问她买两斤莴苣，她麻利地给我去叶，削皮。莴苣叶装一个袋子，莴苣皮装一个袋子，莴苣装一个袋子。她说，莴苣叶是宝贝啊，用水氽一下，凉拌，滴两滴麻油，可香啦。我微笑着听，点头。老大妈她不知道，我是乡下长大的，对莴苣的一切，熟着呢。我不但吃过凉拌莴苣叶，那时还经常吃用莴苣叶煮的饭，香得缠牙。

像菜花一样幸福地燃烧

油菜花开了，不多的几棵，长在人家檐下的花池里。这是城里的油菜，绝对不是长着吃的，而是长着看的。

跟他说，菜花开了呢。他一脸惊喜，说，找个时间看菜花去。这是每年，我们的出行里，最为隆重的一节。

不知从什么时候起，城里人兴起看菜花热，每年春天，都成群结队的，追到城外看菜花。一些地方的菜花，因此出了名，譬如江西婺源的菜花、云南罗平的菜花。

有一年秋，我对婺源着了迷，收拾行装准备去。朋友立即劝阻，说，你现在不要去呀，你等到春天再去呀，春天有菜花可看呢。笑着问他，婺源的菜花，怎样的好看？他说，一望无际燃烧呀，就那样燃烧呀。

笑。哪里的菜花，不是这样燃烧着的？所有的菜花，仿佛都长了这样一颗心，热情的，率真的。一朝绽开，满腔的爱，都燃成艳丽。有坡的地方，是满坡菜花。有田的地方，是满田菜花。整个世界，亲切成一家。

我是菜花地里长大的孩子。故乡的菜花，成波成浪成海洋。那个时候，房是荡在菜花上的，人是荡在菜花上的。仿佛听到哪里噼啪作响，花就一田一田开了。大人们是不把菜花当花的，他们走过菜花地，面容平静。倒是我们小孩子看见菜花开，疯了般地抛洒快乐。没有一个乡下的女孩子，发里面没戴过菜花。我们甚至为戴菜花，编了歌谣唱："清明不戴菜花，死了变黄瓜。"现在想想，这歌谣唱得实在毫无道理，菜花与黄瓜，哪跟哪呀。可那时唱得快乐啊，蹦蹦跳跳着，死亡是件遥远而模糊的事，没有悲伤。一朵一朵的菜花，被我们插进发里面，黄艳艳地开在头上。

也去扫坟。那是太婆的坟，坟被菜花围着，是黄波涛里荡起的一斗笠。想太婆日日枕着菜花睡，太婆是幸福的吧。感觉里，不害怕。

这个时候，照相师傅背着照相器材下乡来了。他走到哪个村子，哪个村子就过节般的热闹。女人们的好衣服都被翻出来了，穿戴一新地等着照相。背景是天然的一片菜花黄，衬得粗眉粗眼的女人们，一个个娇媚起来。男人看女人的目光，就多了很多温热。我祖母是不肯我们多多拍照的，说那东西吸血呢。但她自己却忍不住也拍了一张，端坐在菜花旁，脸笑得像朵怒放的菜花。

读过一首写菜花的诗，极有趣："儿童疾走追黄蝶，飞入菜花无处寻。"诗里，调皮的孩子，追逐着一只飞舞的蝴蝶。蝶儿被追进菜花丛，留下孩子，盯着满地的菜花在寻找，哪一朵菜花是那只蝶呢。

张爱玲的外国女友炎樱，曾说过一句充满灵性的话："每一只蝴蝶，都是从前的一朵花的鬼魂，回来寻找它自己。"若果真如此，那满世界的菜花，该变成多少的蝶？这实在是件美极的事。

菜花开得最好的时候，我选了一个大晴天，和他一起去乡下看菜花。一路观着菜花去，一路看着菜花回，心情好得菜花似的，幸福地燃烧。这个时候想的是，就算生命现在终止，我们也没有遗憾了，因为我们深深爱过，那一地的菜花黄。

花盆里的狗尾草

春天的时候，买一盆杜鹃回来。当时卖花的花贩，正停在巷口，他的身旁，是一拖车的花花草草，仿佛一个春天降落了。我一眼看中这盆杜鹃，花开得俏俏的，叶绿得饱饱的，实在惹人怜爱。问花贩："这花不会死吧？"花贩有些生气："死？我种的花，怎么会死？大前年人家买我的杜鹃，今年还长得好好的呢。"

立即羞惭了，觉得自己很小人似的，笑笑赶紧掏钱，价也不还地就买下。一路捧着它回家，像迎了个小女儿回来。阳台收拾得极干净，让它守着阳光最好的地方。日日跑去看，殷勤地给它喂水，像惦着一个心爱的人。花却在我的频顾望中，一朵一朵谢了。有的才含苞，也不肯开，抢着凋落。原本饱满的叶，也一日一日无精打采起来，终究，一片一片地萎了下去。花盆里，只剩秃秃的枝，轻轻一碰，断了。他说："随便移到盆里的花，哪里能成活？"不肯信，那么灿烂明艳的一盆，怎么说没就没了？不舍得扔掉它，心中怀着期待，希望某天它会重新抽枝发芽，又盛开出一盆粉红来。

后来，花没等来，却等来几株草。尖尖的绿脑袋，钻出盆中的土，有些探头探脑的意思。是些狗尾草。狗尾草迅速长高，迅速茂密起来，简直有些迫不及待，欣欣喜喜地伸着绿胳膊绿腿儿，花盆便满满地绿起来。

这草，太熟悉了。乡下的草，最疯长的，要算它。不择地的肥沃与否，种子吹到哪儿，就长到哪儿。甚至长到茅草房的屋顶上去，在屋顶上开花，毛茸茸的一枝枝，上面缀满细细密密的籽。像翘起的狗尾巴。起风的时候，它们在屋顶上舞蹈，柔软且欢快。

一些断壁残垣上，大多也长着这种草。秋末的时候，狗尾草呈褐黄，一方夕阳照着，断壁残垣瞬间有了温度，暖着。女孩子爱美，乡村的日子艰难，却不能湮没美的向往。几个女孩儿倚着墙脚，拔下墙头的狗尾草，用它编戒指，十指全套上，简直富有得很了。记得一个叫春芳的女孩，家里特别贫穷，跟着瞎眼的父亲过生活，没少挨人欺负。她竖着套着狗尾草戒指的十个指头，一字一字说："我将来长大了，一定要买一个真的金戒指戴，一定的。"语气里，有恶狠狠发誓的味道。弄得我们都很敬佩她，真的戒指呀，那该多少钱？

后来春芳嫁了外村一个木匠，日子起初也难，她却肯吃苦，庄稼忙完了，她忙副业，养鸡养鸭，积攒了钱，砌了小楼。去年春节我回乡下，遇见她，一眼瞥见她指上套着的金戒指，明晃晃金灿灿。她满心欢喜地告诉我："都是我自己赚钱买的，小时哪里想到会过上这样的好日子呢。"我们对望着笑，小时的狗尾草，成片成片的，在风中摇曳。

《本草纲目》里，把狗尾草唤成莠草。"莠"这个字容易让人产生偏义，多指不好。然我却很喜欢，是秀气的草啊，抑或是草里面优秀的一个。我在里面又找到这样的记载："其茎治目痛，故方士称为光明草，阿罗汉草。"又有一说，用狗尾草籽做的枕头，清香松软，能让人安睡。我有一试的欲望。

冬天的时候，我花盆里的狗尾草也开始过冬了，它们安静在我的花盆里，冬眠，顶一头一身柔软的黄。这样的颜色，看着亲切，它们是故土的颜色，是亲人温暖的笑容。我有时，会静静对着它们，想一想故乡，想一想从前，还有那个叫缘分的东西。心会变得很宁静。

我知道，只要有狗尾草生长，我的故乡，它就永远不会在岁月里走丢。

满架蔷薇一院香

迷恋蔷薇，是从迷恋它的名字开始的。

乡野里多花，从春到秋，烂漫地开。很多是没有名的，乡人们统称它们为野花。蔷薇却不同，它有很好听的名字，祖母叫它野蔷薇。野蔷薇呀，祖母瞟一眼花，语调轻轻柔柔。臂弯处挎着的篮子里，有青草绿意荡漾。

野蔷薇一丛一丛，长在沟渠旁。花细白，极香，香里，又溢着甜。是蜂蜜的味道。茎却多刺，是不可侵犯的尖锐。人从它旁边过，极易被它的刺划伤肌肤。我却顾不得这些，常忍了被刺伤的痛，攀了花枝带回家，放到喝水的杯里养着。

一屋的香铺开来，款款地。人在屋子里走，一呼一吸间，都缠绕了花香。年少的时光，就这样被浸得香香的。成年后，我偶在一行文字里，看到这样一句："吸进的是鲜花，吐出的是芬芳。"心念一转，原来，一呼一吸是这么的好，活着是这么的好，我不由得想起遥远的野蔷薇，想念它们长在沟渠旁的模样。

后来我读《红楼梦》，最不能忘一个片段，是一个叫龄官的丫头，于五月的蔷薇花架下，一遍一遍用金簪在地上画"蔷"字。在那里，爱情是一簇蔷薇花开，却藏了刺。但有谁会介意那些刺呢？血痕里，有向往的天长地久。想来世间的爱情，大抵都要如此披荆斩棘，甜蜜的花，是诱惑人心的狐。为了它，可以没有日月轮转，可以没有天地万物。就像那个龄官，雨淋透了纱衣也不自知。

对龄官，我始终怀了怜惜。女孩过分地痴，一般难成善果。这是尘世的无情。然又有它的好，它是枝头一朵蔷薇，在风里兀自妖娆。滚滚红尘里，能有这般爱的执着，是幸运，它让人的心，在静夜里，会暖一下，再暖一下。

唐人高骈有首写蔷薇的诗，我极喜欢：“绿树阴浓夏日长，楼台倒影入池塘。水晶帘动微风起，满架蔷薇一院香。”天热起来了，风吹帘动，一切昏昏欲睡，却有满架的蔷薇，独自欢笑。眉眼里，流转着无限风情。哪里经得起风吹啊？轻轻一流转，散开，是香。再轻轻一流转，散开，还是香。一院的香。

我居住的小城，蔷薇花多。午后时分，路上行人稀少，带着一份慵懒。蔷薇从一堵墙内探出身子来，柔软的枝条上，缀满一朵一朵细小的花，花粉红，细皮嫩肉的模样。彼时彼刻，花开着，太阳好着，人安康着，心里有安然的满足。

我有好友，远在黑龙江。她喜欢画画，她在画里面画蔷薇，一簇又一簇，却说，可惜，只见过照片上的蔷薇。

忍不住笑，竟有这样的喜欢，不曾谋面却念念于心。我对她说，等我有空了，我会掐一朵蔷薇给你寄过去。

怀念一场老电影

小时的印象里，小城的电影院一直很繁荣，它的繁荣，几乎囊括了我对一个城市最初所有的向往。

电影院坐落在小城最繁华的一条街上。那条街整日里车喧人闹的，赶着一场一场的电影看。当时我还是个乡下小姑娘，跟我爸进城，新奇得不得了，缠着我爸要看电影。向我爸许诺，等看完电影回家后，我会拼命割猪草割羊草，多得猪也吃不下羊也吃不下。

偶尔有那么一两次，我运气不错，我爸很慷慨地给我一些零碎的票子，除了买电影票外，还可以买上两分钱一根的棒冰吃。

我挤在人堆里，踮着脚尖购得票。再买上一根棒冰，小心地擎在手上，入场。外面阳光热辣辣的，电影院里，却一片黑黑的沁凉。坐在晃动的铁架子木椅上，身边是闹纷纷的人。屏幕有一面墙那么大，电影没开演的时候，它上面是幅静止的画，一丛向日葵，或一棵蓊郁的树。音响里在放《绿岛小夜曲》，或是《军港之夜》，声音回旋着，像海浪在身边一波一波地荡。棒冰甜甜地入口。放映员在后台的扩音器里说，电影就要开场了，请观众同志们赶紧入场。我左右环顾，看到一些黑黑的人影在晃动，那光景，真是幸福。

多年后，我在城里安了家。每日里，都从从前的电影院跟前过。那儿已极少放电影了，被隔成一小间一小间的门面房出租，卖影碟的，卖炒货的，还有卖字画的。生意不怎样。繁华转到别处去了，小城早已扩建了许多条新街道。

当媒体上大炒陈凯歌的《无极》的时候，我到那里的音像店里，买了一张《无极》的VCD片。店主很热情，给我包装好了，还殷殷送我出门。回家，我准备了瓜子、水果，游说那人一起看。我说，这是大片啊。我端端正正坐到电视前，是想享受一番的。那边却已哈欠连天，连连说，看不懂，不如好睡。果真去睡了。

我硬着头皮，囫囵吞枣看下来。忽然有些伤感，现代大片，我是越来越看不大懂了，这是不是落伍？我突然很怀念老电影，黑白的片子，一清二楚的故事。我记得放《一江春水向东流》的时候，是在乡下的晒谷场上。寒冬腊月的夜，场上站满黑压压的乡人。呵出的热气，相互纠缠着。风从四面吹过来，再吹过去，银幕被吹得歪歪扭扭，银幕上的人，便都站立不稳。但这不妨碍看的人对情节的领会。当银幕上的孩子站在江边，撕心裂肺哭喊一声，妈妈。银幕下，满场唏嘘，无论男女老少，都哭得稀里哗啦。他们看懂了，那个叫素芬的女人太可怜了，那个孩子太可怜了。看着身边的人，便有了相惜的味道，搂紧自家的儿，一家几口，回家暖和去吧。

百朵千朵丝瓜花

盛夏的乡下，最美的风景，莫过于漫天漫地的丝瓜花了。

那花是怎么开的？简直像一群活泼的孩子，在天地间撒野了，草垛上伏着，院墙上爬着，树上攀着。最让人惊艳的是，满屋顶的黄花笑逐颜开。是的，那是笑了，一朵一朵的小花，异常干净地笑着。仿佛就听见锣鼓喧天，厚重的丝绒帷幕缓缓拉开，它们就要来一场大型舞蹈了。

其实，单朵看丝瓜花，不美。但清纯朴素的一张小脸，让你忍不住喜爱，是心底留存的洁净。而百朵千朵的丝瓜花一齐开放，就很是壮观了。看着它们，心里不能不涌起一种震撼：微弱的生命，原也有这等的爆发力。

有首著名的写春天的诗句“黄四娘家花满蹊，千朵万朵压枝低”，我猜想诗里的花，是桃花，或梨花。若是换成丝瓜花呢？定是千朵万朵压藤低了。那些丝瓜藤，实在美妙得很，细细的，沿着附着物攀缘而上。又是袅娜的，如风情万种的女子，有着纤弱的腰肢，一步一步，都藏了生动，藏了语言。牵牵绕绕，绕绕牵牵的，像蓄着一段暗生的情愫，理不清，说不尽。

我不能不想到我老去的祖母。我在怀念丝瓜花的时候，很怀念她。记忆里的每个夏天，她都会把房前屋后打扮成丝瓜花的乐园。这还不够，她还搭了丝瓜架，专门长丝瓜。她会做很好喝的丝瓜汤，她会用丝瓜做许多菜肴，比如丝瓜炒鸡蛋、丝瓜炒豆瓣。一院的丝瓜花，这朵谢了，那朵又开了，那种浓烈的美好，是记忆里永存的景象。这世上，哪里有真正的消亡？曾经的气息和印迹，会因一株植物而复活。

偶然间看过一幅齐白石画丝瓜的画，黑墨铺开，上有两根结好的丝瓜，还有一些未开好的花骨朵儿。他为画取名为《子孙绵延》。画自然是好的，我却很是遗憾，他为什么不画一些开好的丝瓜花呢？那些朵朵奔放的热情，那些生命存在的勇气和美好，是极有资格入画的。

写到这儿，突然想起我认识的一对夫妻来，男人出轨好长时间了，家里的女人是知道的，只隐忍着不说。男人以为这样很好，相安无事。但情人却不愿意永远躲在背后做情人，她要跑到台前来。男人不肯了，因为他的家，现世安稳着。情人于是跑到男人家里，天天吃住在他家，闹着索要赔偿。这个时候，是家里的女人出面处理了这件事，她拿出积蓄，替男人做了了结。

我看到男人女人时，他们正在屋前的花池里，搭丝瓜架。女人搭，男人在一边配合着，如此地闹过一场，男人总算知道了自家女人的好。不几日，那丝瓜架上，爬满青青的藤和叶。再过几日，那青青的叶间，冒出了小花骨朵，风一吹，哗啦啦都开了，开不败的样子。我路过，驻足，对着那一架的小黄花看，看出感动来。

口　音

朋友家的小孩，被送去英国念书，电话里，他不是抱怨居住饮食的不习惯，而是抱怨说话的不习惯。他用一口流利的方言跟他母亲说话，他说，妈妈呀，这儿没人跟我说家乡话，可把我憋坏啦。

一个人，无论走多远，最怀念的，是家乡话。最消不去印迹的，亦是家乡话。

独自去云南旅行，满耳听到的，全是外地口音，孤独感油然而生，仿佛突然掉落到一座孤岛上，尽管那里到处鸟语花香，却隔着海水茫茫。想家的感觉，很强烈。后来，去一家卖银饰的店里转悠，店主殷殷向我推荐各种银饰，手镯项链戒指，不一而足。还有一种挂脖子上的挂件，上面雕着硕大的水莲花，花半开，美到极致。爱不释手，想买。同行的上海人在我身后拉我衣角，悄声说，假的，过不了多久，就会变黑的。我犹豫，不舍，说，可是，它这么好看。店主在一边听着，突然惊喜地叫起来，您是江苏人吧？我诧异，反问他，你怎么知道我是江苏人？

您的口音啊，他乐，我也是江苏的，常熟的。

常熟那地方我熟悉，一年里总有好几次路过那地方。我在省作家班读书时，就有同学也是常熟的。于是我们一个柜台内，一个柜台外，很起劲地说起江苏来。不断有顾客来，店主亦是顾不上的。遥远的云南，一下子变得亲切起来，临了，我不单买了他的那朵水莲花，还另买了许多银镯，带回家送人。

回来，家里人都笑我，你上当了。因为那些银饰，有些真的变黑了。心里却没有一点点的悔，遥远的云南，相遇到家乡口音的快乐，长存在记忆中。

父亲有堂哥，在外颠沛流离若干年，后来，把家安在重庆。娶妻重庆人，说一口重庆话。生子生女，也是一口重庆话。唯他，半生不熟的重庆话里，夹杂着浓浓的家乡口音。半个多世纪过去了，他依然操一口家乡口音。七十岁上，他回乡探亲，从小一起玩儿的伙伴，也都老了。两句话没聊完，他已泪流满面，他说，我终于听到家乡话了。

读唐人乐府《长干行》，无端端喜欢极了。读，再读，眼前波光粼粼，展开一片辽阔的水域。碧波上，舟来楫往，热闹非凡。一个姑娘出现了，她在一扁舟上正做着饭呢。或是绣着花。或是什么也没做，只在冥想。家乡隔在千重山万重水之外，她真想念啊。身侧不断有船只行过，都是陌生。突然，从一条船上飘来熟悉的乡音，她不肯置信地张大耳朵，屏住呼吸，听，再听。没错，就是她的家乡口音！她简直欣喜若狂了，顾不得羞涩，跳出船舱去，张口就问："君家何处住，妾住在横塘。停船暂借问，或恐是同乡。"哎呀呀，敢问先生您往何处去呀，我家住在横塘呀，我听到您说话的口音跟我的差不多，说不定我们是老乡呢。

这样的萍水相逢，只因口音的相似，竟完全的没有设防。不知诗里的姑娘和那个男人，最后的结局如何，我很希望男未娶女未嫁，他们可以成就一段美满姻缘。

成年后，我出外工作，在一座城待久了，以为城市会把我蜕化成一个城里人，却因几声蛙叫，几点鸟鸣，曾经的日子便排山倒海在记忆里翻腾。而当有一天，被一个陌生人揪住惊喜地问，您是不是某个地方的人？我立即怔住，微笑，陌生瞬间成熟识。那一口跑哪儿也丢不了的口音，一下子把故乡，拉得很近很近。

一似美人春睡起

好久不曾去小城的开发区看看了。晚，散步，散到那儿，惊讶地发现，一些日子不见，那儿竟建成一座迎宾广场。旁有丝竹，还有一路的花，是美人蕉。当下，花开得正好，红红，黄黄，绸缎似的。

喜欢美人蕉这花名。都说女人如花，怎知花也似女人呢，花用美人命名，暗地里便生了软香。读过一首写美人蕉的诗“芭蕉叶叶扬瑶空，丹萼高攀映日红。一似美人春睡起，绛唇翠袖舞东风”，端的是翠袖红装，着尽妩媚。

花却不似美人般娇贵，它随处可生可长，极具大众化。有一年我去珠海，看到满城都是美人蕉。后来坐车去郊外，眼里见得最多的，还是美人蕉。在路旁，在野地里，不管不顾地盛开着，大把大把的艳。触目惊心，让你无法忽视。

归来时，路过韶关，去看在那里定居的伯伯一家。伯伯早些年也在我们苏北乡下住，生有一儿，即我的堂哥。堂哥成年后，做乡村代课教师，娶妻生子。一家人的日子，是乡村里的好日子。以为这样的美满，会终老，但堂哥和堂嫂的婚姻，却有了诸多不和，堂嫂爱上了别人。这对堂哥来说，是极具羞辱性的，他一气之下，远走他乡，辗转到了广东。那期间，穷困潦倒的堂哥，睡过码头，蹲过桥洞，去工地上扛过水泥包。总之，吃了很多苦。

那时，堂哥写信回来，伯伯每读一回，都要哭一回。后来，堂哥考上大学，学成出来，进了韶关一家检察院。回家来，四里八乡都震动了。但堂嫂，还是不待见他，带着孩子，跟了她喜欢的人去。从此，家乡对于堂哥来说，是块伤心地。却还要魂牵梦萦地想，遇到家乡人去，必问家里情况。问及他的孩子，留下话来，随孩子的愿，等孩子成年了，如果想来认他这个父亲，他随时敞着门的。这话听来让人唏嘘，人世间，就有这样的不完满，谁能说得清？

伯伯年纪一年大似一年，被堂哥接到韶关去，扔了家里的四合院。看到我去看他，伯伯欢喜得手足无措，围着我直打转。这人那人的，凡他熟悉的，都问了个遍。末了，他叹息道，我家院子里的草，怕是长很高了。屋后还有美人蕉的，怕是也开花了。

伯伯在堂哥家的阳台上，栽了很多美人蕉，一盆一盆的。花开得热烈且寂寞，是隔断千山万水的香妃，眺望家乡不得。怕惹动伯伯的乡愁，我跳过去看花，我说这美人蕉，开得真漂亮啊。

我回家时，伯伯用报纸包一团东西，塞到我的箱子里。我问，什么呀？伯伯孩子气的狡黠，说，现在不许看，回家看，回家看，包你喜欢。他送我到门外，抬袖抹泪，说，再来啊，再来啊。

一天一夜的火车，我到家，展开包着的报纸，竟是一株开得好好的美人蕉。

人与花心各自香

是在突然间，闻见桂花香的，在微雨的黄昏。

那香味儿，起初若有似无，羞羞怯怯的。正疑心着，驻足四处张望，忽然一阵风来，吸进鼻子的，就是大把大把的香甜了。

有路人自言自语着，呀，桂花开了。一脸兴奋的笑，是乍见之下的惊喜。

心，跟着香香甜甜地一转：真的，桂花开了。那熟稔的香甜味儿，率真，浓烈，让人欢喜。

眼前恍恍惚惚的，有一树花开，细细碎碎的，是一树丹桂，在小院中。皓月当空，花香雾般缥缈。只需一棵树，就染香了一整个村庄。祖母的视线被小院中的桂花树牵着，目光柔和，充满慈祥。她望着窗外的树说，过些日子，就可以给你们做桂花汤圆吃了。

我们很快乐。桂花汤圆好吃，一口一个呀，那是旧日子里，我们最奢侈的向往。我们望向窗外，对那一树细密的花儿，充满感激。

也听祖母讲过月里桂花树的故事，说一个叫吴刚的仙人，犯了错，被玉帝罚到月宫伐桂花树。那桂花树很奇怪的，他一斧下去，桂花树又迅速长出新枝来。他一日不伐，树就疯长得能撑破月亮，所以吴刚只好日夜不停地在树下砍啊砍的。人不能做错事啊，祖母这样叹。祖母是同情吴刚的。而我们，却在小小的心里暗想着那棵桂花树，它若真的撑破了月亮会怎样呢？那一树的桂花，可以做多少的桂花汤圆吃啊。这样的暗想，蜜甜蜜甜的。

喜欢过一部老电影里的旁白：桂花开了，十里八里都能闻到。故事发生在战争年代，一对毫无血缘关系的孤儿——六岁的男孩、四岁的女孩，被一农妇收养，在种着桂花树的小院里，他们长大，他们相爱。后来，解放了，男孩当了大官的亲生父母找上门来，把男孩接到城里。在距离之外，男孩女孩青梅竹马的爱情，变得不堪一击。然而，一院子的桂花香，却如约而至，十里八乡都能闻到。男孩的梦里都是桂花香啊，他终抵不住思念，被花香牵回到女孩身边。

这是桂花的爱情，是爱到骨子里的，风吹不散，雨打不走。

现在，桂花树不单单乡下有，城里也种上了。秋分时节，在某条街道上随意闲逛，就有桂花香撞过来。如果这个时候刚好飘过一场雨，雨不大，是漫不经心飘着的那一种，花香便被濡湿得很有质感，随手一拂，满指皆是。桂花把空气染成了一罐蜜，人在其中，也成了一个香甜的人了。不由自主想起宋代词人朱淑真写的那句诗来：“一枝淡贮书窗下，人与花心各自香。”这样的时光，非常的幸福，非常的暖。这样的时光，很容易想起一些人，想念他们的好，怀着感恩的心……

年　糕

每年一到腊月，母亲都会为我特地蒸年糕。

说来有点奇怪，我姐姐不喜欢吃糯的东西，我弟弟也不喜，独独我喜。且忠贞不渝地喜欢着，尤其偏爱吃年糕。放在粥锅里，或直接丢在清水里面煮，都是我爱的吃法。

我喜欢“糕”这个字，这是个让人充满温暖怀想的字。你看呀，一个“米”字，再加上个“羔”字，是米做的小羊呢。它有着洁白柔软的身子，有着纯净若水的眼睛。

街上卖年糕的，一入秋就有了。是个中年汉子，他用改制的自行车推着，车前，焊得平平实实一个铁皮箱，箱子上，放一个匾子，里面很有次序地排列着一排一排的年糕。他从大街上走过，车前的电喇叭里在叫：年糕，年糕，年糕。这样的叫卖，有喜庆在里头，让人提早想到过年的好光景。

乡下人家过年，最隆重的，莫过于蒸馒头和蒸年糕了。那可算得上是巨大工程，全家总出动，淘米、磨粉、烧水、上笼、出笼……一年忙到头，那些披星戴月，那些跌打滚爬，那些汗水、泪水和坚守，那些梦想和期盼，彼时，一一落到实处，变成白的馒头和年糕，可触可摸，往日再多的辛苦，也都是甜的了。

蒸年糕有专门的模具，称作糕箱。糕箱的底板上，都雕刻着精致的花纹，线条优美流畅。考究一些的，还雕刻出一些花朵来，看上去像牡丹，又像芍药。这样蒸出的每块年糕上，便都印着漂亮的花纹了。我曾很迷恋于那些花纹，盯着能看大半天，觉得无限神秘和美好。

年糕出笼了，我们小孩子有桩很重要很庄严的事要做，那就是给每块年糕“点红”。事先泡好的红粉（可食用）装在小碗里，我们一人一只小碗端着，用筷头蘸一点红，往糕上点，点在糕的正中央。很快，一块块年糕上面，就缀着一个一个的红朵朵了。如同美人眉心的一颗痣，有了千娇百媚的风情。

我一直闹不懂为什么要在年糕上点红朵朵。问过母亲。母亲说，以前的人家就是这样做的啊。想，它应该是一种流传的风俗了。真感谢有这样的老风俗在，它让我们贫穷的日子，开出千朵万朵的花来。

现在人们的日子好过了，年糕不再只过年时才有，平常的日子里，商场里也有卖。我见过不少地方的年糕，譬如北京的年糕，品种繁多，有枣年糕、豆年糕、年糕坨，等等，花样百出。如浓墨重彩的女子，艳是艳了，却让人难窥其真貌，味道过甜过腻。

而我家乡的年糕，就是单纯的糯米粉做的，不掺杂任何辅料。它们从糕箱里倒出来，一小块一小块的，模样周正得很。是乡下常见的那种女孩子，质朴、纯粹，反倒叫人回味无穷。

锡盒子·嫦娥·桂花树

最初知道嫦娥，是在一只锡盒子上。

锡盒子摆在邻家阿婆的床头边。在我最初认知的世界里，我以为，那只锡盒子，是世界上最好的东西，不仅仅代表漂亮，还代表富有和幸福。

锡盒子是阿婆的弟弟，远在上海的城里人，带到乡下来的。当时的锡盒子里，装的是月饼。据说里面的月饼，只只都金灿灿的。我没亲眼看到。所以在后来的很多日子里，我一看到锡盒子，脑子里就产生无穷想象，想金灿灿的月饼，一定比母亲烙的玉米饼还要金灿灿吧。

锡盒子四四方方，两面印着漂亮的女子，裙裾飘飞，长袖曼舞，一朵祥云托着她，正向着月宫飞去。这画面，一团的美与好。阿婆告诉我，那是嫦娥呀。记忆里便留下这样的印象：嫦娥就是漂亮的女子，漂亮的女子就是嫦娥。锡盒子的另两面印着桂花树，满树细细黄黄的桂花，开得密密的。于是又加了另一层印象，嫦娥是与桂花树连在一起的，周身溢满甜蜜的香。

阿婆的锡盒子里，藏过纸包糖、炒米，还有酥饼。我常常光顾阿婆家，最大的理由就是为了看锡盒子。小脚的阿婆，坐在矮矮的凳子上，拣菜，或浆鞋底，一边絮絮地跟我说着话。我哪里有心思听啊，两只眼盯着她床头的锡盒子，盯着那漂亮的嫦娥，想，今天里面装的又是什么好吃的呢？阿婆有时看出我的心思，问，馋了？我不知害羞地承认，嗯，馋了。阿婆就踩着一双小脚，到床边，揭开锡盒子，掏出一把炒米来，给我。阿婆问，丫头，谁对你最好？我答，阿婆。阿婆豁着牙已稀落的嘴笑，这丫头，就是嘴甜会哄人，长大了不会忘了阿婆吧？我肯定地答，不会忘了，我也给阿婆买好吃的。

一段时间，我以为，锡盒子里的好吃的，都是那个叫嫦娥的漂亮女子变出来的。阿婆说，她是仙女。仙女都会变魔术的，幼年的我，是这样想的。想着想着，就很羡慕那个嫦娥了，盼着长大了也能成为她，那么，我也可以有只锡盒子，变出许多好东西藏里面。

那时，家中小院，种有桂花树，桂花开花的时候，我特别高兴，心里等待着有什么会发生。这是秘密，一个孩子的秘密，一个无人知晓的秘密——锡盒子上的嫦娥，闻到桂花香，会飞下来的。第二天，去阿婆家，看见嫦娥依然在锡盒子上，依然做飘飞状，飘向月宫的方向。而我却有了另外的欢喜，以为在我睡着的时候，她一定偷偷下来过。

现在，很多年过去了，邻家阿婆早已不在人世，我对幼时的那种天真，充满感激和感动。成人的世界里，传说也带着复杂性，那个美丽的女子——嫦娥，是为了成仙，偷吃了丈夫的长生不老药，才飞到月亮上去的。有诗为证："嫦娥应悔偷灵药，碧海青天夜夜心。"月宫天寒夜冷，嫦娥虽已成仙，但寂寞难耐。甚至还有一说，嫦娥飞到月宫之后，变成难看的蟾蜍。这是我大大不认可的。

在我儿子还很小的时候，我讲嫦娥奔月的故事给他听。我是这样讲的，嫦娥飞上月亮，是为了在月亮上栽种桂花树，等那些桂花盛开的时候，我们所有人都能闻到它的香。

为什么不是这样的呢？月圆之夜，再仰望天空，心里淌过一条月光的河。便觉得，无限地好了。

灶 糖

街上有灶糖卖。

好多年没看到灶糖了。或许本来亦有的，只是我没看到。陡地见到，一愣，欢喜随即从心底，一点一点爬上来。天纯粹，人纯粹，那些纯粹的往昔，铺天盖地而来。

是在冬天。冬天的乡下，冷。人有闲。这个时候，爆米花的来了。卖灶糖的来了。一个村子，都是香喷喷甜滋滋的。小孩子们欢天喜地，最向往的，莫过于手心里，能托上一小块灶糖。穿坏掉的球鞋雨靴，丢弃掉的破铜烂铁或破塑料纸什么的，在孩子眼里，成了宝贝，统统给找出来，拿去换灶糖。

卖灶糖的，是个老头儿，他是敲着一面小铜锣走进村子里的。小铜锣“当当当”地，不慌不忙地敲着，早敲飞了我们的心。我们从家里飞跑出来，围着他的竹匾子，像一群馋嘴的雀。竹匾子里，躺着脸盆一样大的灶糖，乳白中，略带微黄，安静而甜蜜。像薄雾轻飘的冬夜，人家屋顶上，挂着的那个奶黄的月亮。

一堆破烂儿递过去，老头儿笑眯眯地接住，捆扎好，用秤钩住。一边问，还有吗？再找找啊。我们于是跑回家去找，屋前屋后屋角落，寻宝似的，弄得鸡飞狗跳。找到了，擎手上一路欢叫着跑过去，于是从老头儿手里，又多换得一块灶糖。

也有孩子，实在找不到破烂了，偷偷把家里半成新的鞋拿出来换灶糖。老头儿接过，拿手上翻看，也不用秤称，掂量一回，然后从奶黄的“月亮”上切下一小块，放那孩子手上。慢着吃啊，老头儿关照。哪里要他关照，我们都知道要慢着吃呢。托手心里的一小块灶糖，很像一只待飞的蛾，我们握紧手，生怕一松手它就飞了。伸出舌头，一点一点舔着吃，糖在我们舌尖上缠绵。我们看着天笑，看着地笑，那一个天，一个地，都是甜的呀。

正吃得陶醉，却听到有叫骂声远远来了，是那孩子的母亲。只见她手挥一把扫帚，疯了般一路卷过来，嘴里怒道，你这败家子，竟把家里穿的鞋偷出来换糖吃！那孩子早已吓得面色苍白，老头儿却笑微微摸摸他的头说，莫怕莫怕。

妇人到了近前，老头儿早已双手奉上那双鞋，脸上的皱纹，笑成一堆，大嫂子，我哪里会黑了良心，要你家正穿着的鞋呢？灶糖孩子吃了就吃了，算我送他的，你就消消气，莫吓了孩子。妇人感动得讷讷的，一边拉了孩子，推到老头儿跟前，大声呵斥，还不快谢谢这个老爹爹！

事后，全村人必议论一番，都说这老头儿良心好，是个好人。而我们关心的却是，他什么时候再来呢？我们的灶糖，什么时候再来呢？

长大后，知道灶糖还有另一种叫法，叫麦芽糖。觉得这个叫法轻飘了，没有灶糖来得厚实。你想啊，是在土灶上做出的糖呢，多亲切多地道！庄户人家，哪家没一口大灶？早先是泥抹的，后来条件好了，换成砖砌的，外面抹一层白石灰。迎面灶墙上，有漆画的荷叶和鲤鱼，叶绿鲤鱼红，望上去，喜洋洋。旁书“岁岁平安”。晚归家，一头撞进厨房里，望见灶上蒸腾的热气，一颗奔波的心，立即稳稳当当地息下来。

富贵竹

我养花长草，少有能活过半年以上的。在花店里，看似活蹦乱跳生机蓬勃的花儿草儿，到了我手里，一律全害了相思病似的，思念故土思念故人，眼见着鲜亮的脸庞，一日一日瘦小下去，最后，无一例外的，全都香消玉殒。

朋友得知，推荐我长富贵竹。这种植物好长，水也好，土也好，只要有一点点附着物，它就绿给你看，朋友如此介绍。

心动。跑去花店，张眼之处，那些盆盆罐罐里，竟全长着这种竹。高的比人还高，矮的不过盈尺，全都绿意婆娑着，是绿汪汪的绿海洋。店主说，因为它好长，四季常绿，来买的人很多。我指着一盆不过盈尺的说，我喜欢只长这么高的，好摆放。店主笑了，如果它长得过高，你可以这样，他边说边操起剪刀，拔起一根富贵竹，拦腰剪断，重又把它插回土里。那一剪子，剪得干脆利落不留余地，我担心地问，会死吗？他笑，不会，它命大着呢。我疑惑，这么贱的命，为什么还叫富贵？他说，命贱才易活，这是福，福大寿才大的。而有福的，岂不是富贵？

我点头，以为很有道理。金枝玉叶的，大抵难逃短寿的命，纵使担了富贵的名头，却少了很多生的乐趣。像历史上那个不满周岁就死去的汉殇帝。

我买了一盆富贵竹回家。盆上有蓝黄花纹，交错而生，出土的古董似的。矮矮的三根富贵竹，紧挨在里面长，叶阔绿厚的，像粗眉大眼的丫头。憨憨的，又是充满情趣的。我无端地想起《红楼梦》里的一个人物——傻大姐，她天性愚顽，毫无心计，满大观园的女儿中，她活得最本真。曹雪芹描写她，惜墨如金，只用了几个字，就把她的外貌给概括了，“体肥面阔”，外加“一双大脚”。满眼的珠翠摇曳香汗微微里，只她一个扑着一双大脚，体肥面阔地走来晃去，多么健康！我想，红楼梦醒，一干的小姐丫头，都不可能落到好去处，反倒命贱如富贵竹的她，到哪里都可以活命的。

乡下人家找媳妇，也最喜这样的体肥面阔。他们称这样的面相是福相，隐含了富贵气在里头。钉耙使得，锄头使得，能屈能伸，又心宽体胖，没多少心事搁心头，家和万事兴。这样的媳妇娶进门，一个家，能不红火吗？我乡下小舅的儿子找媳妇，母亲是这样兴高采烈地告诉我的，那丫头壮实着呢，脚大腰圆，一脸福相。听语气，就猜得出母亲是喜得合不拢嘴的，直直觉得她的老弟，攀了门好亲。

我把新买的富贵竹，搁电脑旁。无须我管理，它兀自长得欢天喜地。每日里，我写字写累了，一抬头，定会与它撞个照面。一盆子的绿，便水花儿一样，在我眼里乱溅开来，给我满满的清凉。

守着这样一盆富贵竹，日子安好着，芸芸众生里的我，也算得上是个富贵之人了。

向一棵草学习

PART V — 第五辑

放手的美丽

当你紧握双手，里面什么也没有；

当你打开双手，世界都在你手中。

华丽转身

她和他，同学七年，从高中，一直到大学毕业。

爱情像不经意间落下的牵牛花的种子，落在彼此的心上，兀自牵绕缠绵成一片。也便爱了。

都说是郎才女貌好佳偶的。她不曾想过背离，看身边他人的爱情曲曲折折，她总是暗自庆幸自己的风调雨顺。

他们开始商量着买房。看过无数的房之后，他们终于在环境幽僻的一处，物色到一套住房，面积不大，却足以安放他们的爱情。她喜欢那里的落地窗，可以接受满阳台的阳光。她说，结婚后，她就在阳台上为他熨衣裳。他听了，笑，笑得很幸福。

甚至设想到将来，将来老了，阳台上会长满花草，还养一只会唱歌的鸟。他们两个，就偎在阳台上晒太阳，看花开，听鸟鸣。

这样的爱情很绮丽。她常常有些不相信地问他，是真的吗？他就伸手刮她的鼻子，回，是真的。

如此的美好持续了一段时日后，某一天，她再问他，是真的吗？他不曾热烈地回她。他眼光散淡，让她陌生。

他们之间，渐渐地云遮雾挡，像隔了一座山峰。再相处的时候，多半无话。这个时候，他们买的新房子的钥匙到手了，她试探地跟他说，结婚吧。他掉转头，眼睛看着窗外的景，漫不经心地回，等等再说吧。

她只听得“砰”一声碎响，心就那么碎了，如花朵凋落。满地落红，无法收拾。

也终于知道，他爱上了别的女孩，那个女孩是他上司的女儿。上司已给他俩在繁华地段买了一套房，房子大而奢华。他却迟迟不肯，告诉她。

她独自一人，狠狠流了一通泪。然后，收拾掉泪痕，约他见面。

见面的地方，是她和他常去的街心公园。春天的阳光，闪着钻石一样的光芒。满世界的姹紫嫣红，一个城，风情万种。她盛装而出，款款而至。他讶异地看着盛装的她，问，今天什么日子？这么隆重？她看着他，平静地说，今天，是我和你分手的日子，我们，分手吧。她伸出手来，轻触他的手，说一声，你多保重。说完，笑了笑，转身而去，留一个华丽的背影，给他。她的身后，阳光铺成黄金道，道旁的金钟花，开得漫天漫地。

经年之后，同学聚会，他去了。她正和老公在外度假，没去成。

聚会上，有人说起她，大家都羡慕她日子的丰腴。他的眼里，有深深的悔。记忆总在花开的时节疼痛，那漫天漫地的金钟花呀，是一场华丽的盛会。他在记忆里怀念她。

有同学辗转把这些告诉她，她只淡淡一笑，转身去给阳台上的花花草草们浇水。那是老公买了送她的。在饱满的日光下，花草们枝叶葱茏，颜色缤纷。当年她的华丽转身，不但留住了她的自尊和优雅，还为自己留住了一颗，完整的心，好继续去爱。

爱情抢不来

云妮爱上那个男人的时候，我们都劝她不要。不是那个男人有什么不好，而是那个男人，已是别人的风景。

云妮不听，偏着头说，我就是要看看，谁才是爱情的最后赢家。她披挂上阵，勇往直前，像头勇猛的小老虎，和那个男人的妻明争暗斗。

但男人，显然只把她当作情人，而不是当爱人。在和她万般恩爱后，他起身，说一句，我要回家了。就头也不回地走了。是的，家里的床头，永远有一盏等待的灯。那是和他结婚十年的妻，虽不再有浓烈相思，却成了他心口上一颗饱满的痣——难以割舍。何况还有个可爱的儿子呢。

云妮的心，就这样一次一次被伤着了。她只能哭泣。但哭泣过后，却不肯放手，是不服气放手。她想，她有的是青春的千娇百媚，怎么会败给那个已成明日黄花的女人呢？

为了在这场爱情争夺战中斗赢，云妮努力把自己打造成精品女人。妆容化得无懈可击，着装搭配得得体大方，什么时候看过去，她都是光鲜照人的一个。她还报了烹饪培训班，跟着后面学做饭。她会烧好喝的汤了，会把生姜切成极细的姜丝，放在鲫鱼汤里一起煨。她还学会烧糖醋蹄髈，因为那个男人说，他的妻烧的猪蹄子很好吃。

就这样，一点儿一点儿的，云妮几乎倾尽全部热情，甚至偷偷怀了男人的孩子。这个时候，她让那个男人选择，是要她和孩子，还是要那个黄脸婆的妻。

男人在她的眼中，看到了一种决绝。又看到她的楚楚可怜和青春可人，曾经坚定的心，发生动摇，男人回家跟妻提出离婚。

妻自然不同意。大家都骂男人是个负心的，更多的矛头却指向云妮。云妮成了众矢之的，每日出门去，都要被人咒骂与指点。

彼此就这样耗着，几乎拖到精疲力竭，最终松开手的是那个男人的妻。她几乎诅咒般地对云妮说，我看你们能幸福几天！婚最终离了，男人净身出户。云妮不介意，她要的，只是爱情。

终于做了那个男人的新娘，云妮却没有想象中的兴奋。她感到累，是心力耗尽的累。新婚那天，到场祝福的人寥寥，场面极其冷清。云妮的眼中，闪过一丝茫然，迷路的孩子似的。她空落落地笑，说，爱情到底到了我手里了。听不见回响，只有，一屋子的空。

改日再见到云妮，哪里是个幸福的新娘啊，简直就是一弃妇。她说，她准备去打掉肚子里的孩子。问及为什么？她沉默半晌，哭。曾经苦心追求的，原来也只是一段庸常，她在他眼里，已不复娇媚可人。他在她眼里，亦不复英俊潇洒。且中间还横亘着他的前妻，他们一直藕断丝连着。

云妮说，好悔啊。说这话时，她的眼里，蓄着深深的哀愁。

这世上，姻缘原是分配好了的，各有各的一份。别人的爱情，千万不要去抢，纵使抢到手了，也已成一朵枯败的花。生生耗尽热情，到头来，却徒留两手的空，何苦呢？还是换个风景吧，好好谈一场属于自己的恋爱，或许平淡，却生机盎然。只有这样，那朵叫幸福的花，才会从从容容地开放。

比如恩爱

报上看到何庆魁重回发妻身边，两人一起照顾小孙子，日子过得十分开心。有一段描述很耀眼："何庆魁身穿大红西服，戴着夸张的红色戒指，令人感觉十分年轻。"有人看了后，说，不好，他怎么可以这样，他怎么可以把高秀敏忘了？

不忘掉？不忘掉是一种什么样子？让他在思念中憔悴，夜夜梦里魂相见？看客们满足了，却让一个人独自承担孤寂的苦，——这其实，很残忍。

但我们常常不知这种残忍，还自认为是一种痴情，痴情得很凄美。最好是一个去了，另一个茶饭不思，最后殉情。看的人，会满足地叹一声，哦，他们生死相随，完美了完美了。

我想起我读中学时，教我的一个老师来。老师那时风华正茂，往讲台跟前一站，整个教室都亮了，很是玉树临风。害得不少女生暗恋他。他走路的样子，他说话的神态，他写的粉笔字，甚至，他佩戴的钥匙扣，都是她们津津乐道的。最津津乐道的，是每日的黄昏，看到的一景：他和妻子，沿着校门口的小河边散步。

那真是让人嫉妒，郎才女貌，相依相随，一个天地，仿佛都是他们的了。小河边的树绿着，花开着。头顶上的天蓝着，云飘着。让人觉着，真是好。是永生永世的模样。

他们的爱情故事，是女生宿舍里经久的话题。她是银行行长的女儿，家境颇好，到达婚配年龄，求婚者众，且都是有头有脸的人。而他家，却一贫如洗，从小失了父亲，伴着寡母，一路艰难地走下来。他们的恋爱，遭到她家强烈反对，其间历尽千难万阻，她为他，甚至绝食过，最后有情人终成眷属。“不容易哪！”每次听完他们的故事，我们都这样叹。那时我们虽不了解爱情与婚姻，却懂得感动。再看到他们，眼里就多了很多崇敬。

也看到他们的孩子，一个活泼可爱的男孩，上幼儿园了。自行车驮着，孩子坐前头，她坐后头，孩子叫一声爸，再叫一声妈，一家子有说有笑的。这样的镜头，让人的心，总忍不住如水草样的，柔柔地动上一动。

我们毕业后，很少回母校，他的消息，却辗转传到耳里来。说他的妻子，得了癌症，他疯了似的，带妻子四处去治病。不信鬼神的人，居然大老远跑去普陀山拜佛。这样的诚心，却没能感动上帝，他的妻子，最终还是走了。

再听说起他，是他爱上另一个女人，他要跟她结婚。这本是极平常的一件事，他丧偶，她单身，没有什么不可以的。却平地兴起三尺浪。渐渐长大的儿子，强烈反对，儿子抱着妈妈的照片，对着他哭：“你怎么可以忘了我妈妈？”老丈人更是怒火中烧，说：“想当初，我女儿为你恨不得跟家里决裂，你竟然要另娶他人？”小舅子也是一副义愤填膺的样子，说：“我姐姐不顾一切嫁了你，你怎么可以背叛她？”知道他们的人，也劝他，你们曾经那么恩爱啊……

因为有过曾经，他就一辈子也走不出来了。他不得不选择放手，再不言爱。

有一天，我意外在老街上遇见他，五十岁不到的人，头顶的发，都掉光了。脸上左一道皱纹，右一道褶皱，再难找到当年的玉树临风。他告诉我：“儿子已大学毕业工作了。”“我也就这样一个人过了，等退休了，就去帮他带带孩子。”他淡淡笑着说。

很为他不值。活着，原是很当下的一个词。比如恩爱，原是没有过去和将来的。过去再多的情浓如浆海誓山盟，到底是云飘过烟散去，回不去的。将来的也未可知。那么，还是珍惜眼前吧，珍惜活着的一个自己，哭过痛过，梳梳洗洗，重新来过。

放手的美丽

长途旅行，在一车人昏昏欲睡之中，听一个人笑读一则新闻给他的同伴听。新闻是则趣闻，说一个男人，为了达到与妻子离婚的目的，不惜去做贼，公然偷人家一部手机，当场被捉，结果被判刑，开除了公职。

一车人的瞌睡被赶跑了，哄然大笑，说，这个男人真是傻帽儿，要离婚什么法子不能想，单单想出这一出，这不是害苦了自己嘛!

也有人揣测说，这个男人一定被逼没法了，才想出这个下下策。

大家频频点头称是，话题自然围着这个男人喷云吐雾地展开来，热热闹闹探讨着这个男人现在的婚有没有离成。我在一边听着，嘴边淡淡印出一个笑痕，心却紧了一下。我仿佛看到一张幽怨的女人的脸，泪坠腮边，于袅袅烟雾中浮起，像一捧苍凉的月色，无助的，茫然的。她的男人提出离婚了，她一定是惊心得心碎。只剩一个念头了，那就是死死拽住他不放手，直到手底往日的余温一点一点散了。男人却铁了心，宁愿毁了自己，也还是不肯回头的。彻骨的痛是怎样冰了女人的心？往后的岁月，她又如何来忘却来重生？若是，在他提出离婚的最初，她就早早地放了手，纵使与他做不成朋友，也不至于尴尬到这步田地，让他一辈子恨着，而自己，也被伤得伤痕累累。

我想起我的一个女同学来。高中时光，两层的教学楼，青砖红瓦。

我们坐在窗口，阳光总是很好地溜进教室里，落到我们的课桌上。我们扎同样的马尾巴，穿同样的衣裳，很要好。

在阳光下，她喜欢叠纸鹤，一只一只，穿成项链，她脖子上挂一串，我脖子上挂一串。那个时候，她好看的眼睛，常笑成一弯新月。偶尔会附在我耳边，聊很遥远的爱情，一脸的迷醉和向往。

当想望中的爱情落入凡尘时，她却没得到想望中的幸福。十几年后，我在街上偶遇她，竟不敢相认，她就是曾经叠着纸鹤纯真笑着的那一个。青春的痕迹已无处可寻，有的，只是一脸憔悴的沧桑。

无须探问，她的眼中，已写满伤痛。她说，在闹离婚呢，拖了五年了。起先是她不肯离，她不希望自己苦心经营的家散了，另还有一层想法，她不想让他的愿望轻易得逞。她的男人冷笑而去，公然和情人住到一起。五年的时间，她终于累了，倦了。

“这五年来，我没睡过一个安稳觉，没有好好吃过一顿饭。”同学幽幽轻叹。

同学后来没有跟我联系，我不知道她的婚离了没有。但愿她离了，那么，她便可以睡个安稳觉了，可以好好吃顿香香的饭了。

我很欣赏我认识的另一个女人，女人住我家附近，明亮干净，见人总带三分笑。在她的男人背叛她之后，她没有哭天抢地，没有纠缠不休，而是选择了平静地分手。没了男人后，也没见她有过什么消沉，她一如既往地过着自己的日子，每天把自己梳洗得整整齐齐，把孩子打扮得漂漂亮亮，见人还是带着三分笑。她说，她的生命不是属于某个男人的，是属于她自己的，她没有理由糟蹋了它。

女人最近又遭遇了第二场爱情，就要做新娘了，她灿烂的笑脸，每日里，云一样地从小区里飘过，很风景。

我想起《卧虎藏龙》里的一句话来：当你紧握双手，里面什么也没有；当你打开双手，世界都在你手中。很多的时候，我们紧紧握住双手，以为把该要的东西抓住了，其实，那手心里握住的，不过是更深的伤害。倒不如放开手去，让那些伤害随风飘散，双手，还可以承接满掌的阳光。

没有一种爱情不受伤

女人爱上男人的时候，已有一个家，婚姻四平八稳着，无风亦无浪。在这样的婚姻里待久了，女人有些不甘，因为女人，是个文艺女人，骨子里浸淫着浪漫。某一天，当她邂逅到男人的文字时，立即醉倒在它里面。

相识成了必然。隔着虚拟的空间，他们日日用文字传情，情也真意也切，是相见恨晚了。女人一头没进去，再找不到回头的路。爱的风景，处处旖旎，是春风绿遍河两岸。

长相厮守的话，说过一遍又一遍。他们见面了。男人轻淡地一笑，都能让女人的心，婉转了又婉转。她说，今生我一定要跟你在一起。男人答，好啊。眼神却四处飘移。

这便是承诺么？女人做出一个大胆的举动，为了男人，她抛却多年婚姻，抽身而出。等来的，却不是她想要的结果，而是男人的游离，还有捉摸不定。一颗心，终于被伤得千疮百孔，痛得无力承受了，她做了永远的逃离——爱也好，不爱也罢，她统统不要了的。包括，她的生命。

一场爱情，她换来的是什么？是香消玉殒，她化作天国的白莲花。他却连悼念都不肯给的。他的世界里，不愁没有莺歌燕语。她若有知，会不会悔？

女人我认识，梳两根黑黑的长辫子，垂于胸前，很清纯。她曾在我微博里的一篇爱情故事后留言："世上有这样用情至深的男人吗？有这样还之以情的女子吗？没有的。有的，只是梦中的一个影子。"想那个时候，女人的心，已生绝望了吧？我想起一句话："你是早就不喜欢我了的。"这是张爱玲在胡兰成一再背叛，再也无力挽回当初的恩爱时，伤心至极的告别语。我无法释怀。恨恨。既然她早知他是不喜欢她的，为何还要舍了自尊去等、去守？女人对爱，在失望时并不知收手，总要等到绝望才明白，所有的付出，原是不值得。

有点文采的男人多半多情，且会用情。古时落难公子，大抵会相遇痴情女子。这时他一无所有，除了满腔的热血，还有一颗七巧玲珑心。干脆，或索性，就贩卖爱吧。于是情诗写到手发麻。这时，爱情是男人的避难所，而对于女人来说，这样的爱情，是一座闪着金光的宫殿。于是女人一头坠进去，身外的世界，都可以不要的，就有了王宝钏寒窑苦守十八载。却不知，在这样的背景下产生的爱情，多半难成正果。戏文里有变心公子，最后浪子回头，凤冠霞帔地娶了落难时相遇的女子。可那是戏文，且中途还有背叛那一节呢。现实里多半的情况是，爱情可以共苦，却不可以同甘。他日发达的男人，十有八九都会变心。

这样说，未免让人绝望。到底什么样的爱情才能地久天长？我以为，是平等。爱情不是你对我的施舍，亦不是我对你的恩惠。不管爱到什么程度，都不要忘记，还有一个自己，是要好好爱着的。纵使他日被背叛了，你也不会山穷水尽，还可以光彩照人地重新来过。

想犯一次贱

青葱样的女学生，给我发短信，短信的内容没头没脑。她说，他什么意思啊，在公交车上，当着许多同学的面，他不准别的男生坐我旁边，却又装出一副不理我的样子。

我没跟她说，傻丫头，这是爱啊。她其实心知肚明的啊，她要的，不过是倾诉。心里柔肠百结，是茫茫然，不知把爱如何放置才好。她，亦是对他有好感的吧。

所以，我只回了她一个微笑的符号，什么也没说。她继续说，别的同学都说他是花心大萝卜，我根本不想理他的，但他这么对我，到底想做什么嘛。

我笑。这个傻丫头！若是真的不想理，干吗自生烦恼？年轻的爱，都是低到尘埃里的。自尊吗？没有的了。发着誓恨恨地说着不理他，坚决不理。心里却百转千回地想着他，想着他的笑，他的话，他的眼神，甚至他一抬手捋头发的动作。那些在常人看来，不过是平常举止啊，在爱着的她的心里，都会划过一道一道疼痛的波。

我想起那年在大学，悄悄爱一个人。隔了人群，远远望他走在校园梧桐树下的身影。阅览室里，隔着一排桌椅，听他跟人低声笑语，脸无端地绯红。他偶尔掠过来惊鸿一瞥，心便缩成一团，他竟是不在意的啊。却仍止不住要去想，要去念。

毕业时，只要他张口说，跟我走吧。我会毫不迟疑地跟他走的。即使，那里是穷乡僻壤。然而他只是翻着手掌跟我说，手掌的正面是痛苦，背面是艰难。完全与感情无关。一颗爱的心，就这样恍恍地掉下来。

后来，有同学得知我与他的事，笑我，他有什么好呢，穷学生一个，长得也不算好看。道理是明白的，只是爱着时，哪里管他好与不好？即使他是一棵草，也是要爱的。

聊斋里的狐仙，放着好好的仙不做，偏要爱上穷苦的书生，资财资物，还巴巴地送上色，简直把身家性命全搭上了，历尽磨难，九死一生，也难得成善果。人与狐哪里有永久？却还是一往情深。为的什么呢？不过是良人啊，请让我入你的眼，入你的心，请好好来爱我。

这是犯贱了。没办法的，爱，就是一件让人犯贱的事。骄傲如张爱玲，爱上有家有室的胡兰成，竟也是那么不在意公众言论，不在意他是否会娶她。她只管快乐地做着他的小女人，为他下厨，为他穿上绣花鞋，为他，落下一颗一颗的泪。在他抛弃她之后，她降下自尊，南下浙江去寻他。她是真的低到尘埃去了，低成一粒微尘。可惜，这样的深情，还是被辜负了。

想必张爱玲对这段情感，是不愿回首的吧？所以她远去美国，孤僻了自己，对曾经的曾经，再不落一个字。但如果，让她从头来过，她会不会还选择爱？我想，她会的。

一个人，一生中没有深刻地爱过，是苍白而可怜的。即便这样的爱，被辜负了，但因曾经爱过，生命因此，璀璨地开了花，就算犯贱又如何？

请先离婚了再来说爱

寂静的夜里，雨的街头，陌生的女孩给我打来电话，她自称是我忠实的读者，对我倾诉她的情感故事。

故事俗套得从一开始，就望得见结局。她爱上了有妇之夫，单纯得跟只小绵羊似的，一头坠进他绿色的陷阱里。

他是一家报社的编辑，她是一个文学爱好者，因为稿件的往来而相识。这样的相识，多与烟尘隔绝，空灵唯美。女孩很留恋地跟我回顾他们相识的点点滴滴，春风万里，繁花似锦。

女孩再三说，她不是一个坏女孩，她根本无意于破坏别人的家庭。最初的最初，她没想过要去爱他。是他，口口声声说与妻子再无感情，说要离婚，说她才是他的最爱。她信了。他开始频频出现在她的生活圈子里，做出追求的姿态，和她出双入对。她的朋友，起初并不看好他，她是那么心高气傲的一个女孩，身边追她的男孩多，随便挑一个出来，也比他长得好看。然他，有的是一往情深，对她关怀得无微不至。朋友们反过来说她有福气，遇到这样一个好男人。

他的婚却一直未离，女孩一次在街上看见他和妻，有说有笑的，竟是琴瑟相和的两个。女孩的心上，像被人生生插了一把刀。这个时候，偏偏她怀孕了，他却避而不见。好不容易见着了，他一句，我现在对你，一点感觉也没有了，我不爱你了。

曾经的所有，在这一句里，是烟飘过云散去。女孩痛不欲生，爱与不爱，都如潮水，来得急，退得也急，这算怎么回事呢？她不住地反问自己，是不是我哪个地方做得不好，让他不爱了？

你说我该怎么办？曾经那么多的好啊，怎么说没就没了呢？女孩问我。

我残忍地说，你那不是爱情，是游戏。你别再作践你自己了，忘了你与他发生的所有，彻底地干净地忘掉，重新来过。纵使他现在肯回头了，你也不要回头，因为，他根本不配拥有你的爱。

这种爱，一般都难成善果。痴情女孩，碰上已婚男人，除非她是修炼千年的狐仙化身，否则，真的不是他的对手。他对付女人的一套，早已驾轻就熟，什么时候表情，什么时候表意，拿捏得十分地准。她有几颗心经得起这样的“好”？更何况他还会装出一副婚姻不幸的模样，沧桑得让人忍不住想揽了他入怀。女孩于是不管不顾爱了，把他当作命中的真命天子，把自己当作拯救爱情的天使，怀了这样的使命，如飞蛾扑火，不管不顾向着爱情飞扑而去，焉有不被灼伤的道理？

我不是不相信已婚男人的爱，那或许也是真的，他爱她，一时的意乱情迷总是有的。只是那些爱，都是纸糊的花朵，看着漂亮鲜艳，却经不起岁月的汰洗。他若真的想爱，为什么不先离婚了再来谈？凭什么他可以坐守围城，再伸出一只手来，招揽城外的春光？爱情是平等的，是坦诚的，是给人安稳，而不是花非花雾非雾。所以，面对已婚男人的示爱，明智的女孩都应该说上这样一句：请先离婚了再来说爱。

无法预知的幸福

女友心月的爱情，曾让我们许多人羡慕不已。

他是她的大学同学，高大英俊，长得有些像韩剧里的偶像小生裴勇俊。更难得的是，他的多情和体贴。他总是守护神似的护在心月身边，为纤弱的心月挡风遮雨。

大学毕业时，不少大学恋人面临严峻的现实，不得不劳燕分飞。唯有他们，双宿双飞。心月跟他去了他的城，一座临海小城，远不及心月的老家繁华，但是有爱在，就有春暖花开。心月的脸上，漾着粉色的甜蜜，如碧波潋滟，让人望得见满满的幸福。我们真心实意为心月高兴，祝福了她。

一年后，却传来心月自杀未遂的消息，她深爱的人，竟成了负心郎。他爱上了他的女老板，那女老板不仅靓丽，还能为他提供房子车子，和大把大把的票子。心月无法承受这样的打击，先是为他割腕，后选择跳楼，所幸，都被人及时发现而救活。

这时的心月，还是存了一线希望的，希望他来怜悯她，回过头来重新爱。然他说出的一句话，却生生把这一线希望给掐灭了，他对心月说，求求你，不要再吓唬我了，放我走吧。

还有什么可留恋的？心月想死的心，不再有了。心是灰的，凉的，热烈的人生，从此不再。

两年后，心月嫁人。所嫁之人是父母帮着挑的，长相一般，工作稳定。与漂亮的心月站一块，很不般配。但父母说，好看不能当饭吃，嫁人就要嫁个实在人。

心月无所谓。婚姻是人生必须完成的一个仪式，没有了爱情，嫁谁不是一样呢？新婚当天，浓妆包裹，心月的脸上，看不清是悲还是喜。她不停地喝酒，谁也挡不住，最后喝得酩酊大醉，让我们生出一分担忧和心疼来。大家私底下谈论，她的一生，恐怕要苍白地度过了。

再见心月，已隔了好几年，是在一次朋友的聚会上。她面色红润，牵了她两岁小儿，一脸幸福小妇人的模样。满室喧哗笑闹中，她安静着，耐心地指着一些颜色，让她的小儿辨认，这是红的花，这是绿的叶，这是黄的衣服，这是白的盘子……整个画面，温馨可人得像一朵百合花开，闻得见幽幽的香。

不用探问，她的生活，自是安定美满的。有知情者说，常看到她一家三口一起逛街，她的男人总是体贴地走在她身边。就有人想起她的当年，为一场爱情死去活来，如果那时她真的让那个人回心转意了，她如愿和他结了婚，她就真的能得到幸福吗？又设想，假如当年她自杀时，没有被人及时发现，那么现在，她只是大家回忆里的一缕轻烟罢了，哪还有美满可言？

到底什么样的爱情里，才贮藏着幸福？这是一个很不确定的因素。有时貌似甜蜜的爱情，结果却是一杯苦咖啡。当不幸遇上这杯苦咖啡，我们要做的，不是沉沦，而是果断地把它倒掉，重新寻找。只要不绝望，幸福总会被找到。

享艳福是要付出代价的

有这样一个男人，我暂且叫他A君吧，他有妻有子，事业有成，好日子如常青树，四季枝叶葱茏，让人艳羡。却禁不住围城外的诱惑，爱上一年轻漂亮的女孩。女孩起初也善解人意，陪他花前月下，小鸟依人。让他直直觉得自己艳福不浅，享尽齐人之福。

这样的好光景，不过持续了半年多，女孩不依了，要名要分。起初只是偶尔提及，后来变成日日相逼。他不得不使出浑身解数，编了甜言蜜语来哄。这样的哄，也只能一时，次数多了，女孩哪里肯再信？

于是，起了事端。女孩公然挑战他的妻，要他的妻让位给她。A君的天一下子塌了，因为他的艳遇，是一直瞒着妻的，女孩再好，也只是一道甜点，吃过就算了，他不想他的家庭分崩离析。

A君断然离开了女孩，在妻面前痛哭忏悔。他们和好如初，还是好夫妻。哪知女孩不是吃素的，她哪里咽得下这口气？在得到A君不可能回头的答复后，她跑进派出所，报了案，说A君对她耍了流氓。她有有力的证据，就是她怀了A君的孩子。

A君被弄进派出所。她又电话告知A君的单位，让这个曾享尽艳福的男人，彻底地变得灰头土脸，臭名远扬。

说这个故事给我听的，是A君的一个朋友。他讲完后，很为A君鸣不平，气愤地说，A君被那个女的整得好惨，那个女的太可恶了！

我却不同情，我以为，A君活该！艳福是他享的，后果自然应该他承担，哪里怨得了别人？想当初，他与女孩花前月下，他何等惬意。那个时候，他为什么不想想后果？为什么没有内疚之感？他对不起两个人：一是妻子。再大度的妻，也不愿看到自己的男人在外拈花惹草，他必是找了许多借口，瞒着哄着骗着，他欺骗了他们的婚姻；二是女孩。退一步讲，就算不是他先招惹的她，而是她主动投怀送抱，可他应该想得到，他并不能给她任何名分，这样和她纠缠在一起，算什么？纵使她有青春可挥霍，然再灿烂的青春，也是有期限的。若爱她，就得对她负责，让她在婚姻里安稳。他除了离婚，还有什么好法子可以安抚她？所有的艳福，原都是要付出代价的。

我想起我身边一件类似的事，男人出轨了，在妻子和情人之间左右逢源，好不得意。然情人哪里甘愿永远做情人？她是要登堂入室的。他不答应，因为他的妻，实在是个好女人。而且，他们还有个可爱的女儿，女儿才七岁，聪明伶俐，是他的掌上宝。

情人却日日闹，闹得他烦了，曾经的艳福，变成负担，他毫不犹豫地选择分手。情人哪里肯依？开始是婉求他回心转意，当婉求无望，原先的爱就变成了恨。她想到报复他的法子，是要让他日日悔天天痛的。结果是，她杀死了他的小女儿。

案子很快破了，情人被抓。死去的小女孩，却永远地死去了。真是可怜了那个小姑娘，她到死也不明白，她竟是爱她的父亲享受艳福的牺牲品。

请把旧爱藏藏好

是在一个聚会上，一桌的男男女女，大多数已人到中年，都是见过风见过浪的，开起玩笑来，便都有些肆无忌惮，谁也不会顶真。

自然说到年轻时的荒唐事，为爱如何如何的痴迷与辗转，博得阵阵笑声。在哄笑之中，大家怂恿一个看上去功成名就的男人，要他老实交代他的初恋。那男人用眼光把桌上所有人巡视一遍后，嘴角边荡起一丝笑来："说就说！"有些豪气冲天的样子。

故事的最初，很纯美。他青春，她年少。两颗乳芽般的心，在青青的校园里相遇，突然地抽枝生长，很快缠绕成一片。他们互相写情书，瞒了老师和家长的眼。他们不眠，夜深人静后，小猫似的溜出屋子，只为，看对方一眼。

她给他叠纸飞机，用蜡笔一笔一笔，在上面画上花朵和爱心。给他带炒蚕豆和煮鸡蛋，偷偷塞在他书包里。他送她漂亮的扎头绳。偷人家树上的桃送她吃。逃课去采一种小野花，夹在情书里给她。也有闹别扭的时候，他不理她，她不理他，那日子真难受。是他先熬不住了，去找她，却发现，她早已哭成泪人了，她泪眼婆娑地对他说，你不能不爱我。他发誓，绝不会！

这样爱着，一晃就高中毕业了。她没考上大学，去了偏远的一个小镇上班。他也没考上大学，被家人送进县城里最好的中学复读。他们之间，相隔了数百里。

从县城开往那个小镇的公共汽车，每星期只有一班，在星期六。所以，每个星期六他都要逃课，跑去看她。那时他穷，父母给的生活费总是紧巴巴的，自然没钱买车票。他便趁人不注意时溜上车，躲到最后排的车座后，匍匐着，躲过检票人的眼。一路战战兢兢，心里却在欢快地唱着歌。

她会早早守在路口等他，站成一株芳香的丁香树。她背后的小镇，简陋而冷清，却是他眼中最美的风景。

她给他下白水面条，碗底卧两只鸡蛋，是她用微薄的工资买下的。他坐在她的对面吃，吃得额上现出细微的汗来。她笑着看，那笑容，像极贤惠的妻。他感动地握了她的手许诺，将来，我一定娶你。她低头笑个不停。

一年后，他考上大学，去了南方一座城。这一隔，是万水千山了。他走前的一天，她反反复复问的一句是，你会不要我吗？他说，不会。但眼睛，却投向遥远的他方，那里有新的梦想，他为此兴奋着。

她给他纳千层底的布鞋，每隔两周他会收到一双。同学们都笑话他。他很生气地写信给她，让她不要再寄了。过些日子，他收到她提出分手的信，她说，家里人给她相了一门亲，男方家里很有钱。他的第一反应是很受伤，竟是她，不要他的。暑假时他归来，她果真嫁了人，穿金戴银的样子。

后来呢？有人追着笑问。

后来……他眯上眼睛笑一会儿，说，不就是一场梦嘛，梦醒了，也就完了。

但大家都知道他的得意。后来，他出国了，他遇到了也在国外留学的一个漂亮女生，他们结了婚。他们夫唱妇随，比翼双飞，开办的公司，蒸蒸日上。

而他爱过的那个她，日子却过得非常不如意，丈夫老生病，自己也苍老得不成样子了。有人看到过，她在一个工地上打短工。他听了，只愣怔了几秒，然后举起酒杯来，招呼一桌人说，喝酒喝酒，年少时的荒唐事就不要提了。

笑声瞬即淹没了曾经的一段美好和纯真。我仿佛听到一根弦“咔嚓”一声，断了。我为那个女孩不值，年轻时的爱恋，竟变成一个笑话。而我多想多想对那个男人说，有些爱，是不经抖落的，因为它有多美好，就有多脆弱。它只适合用心来收藏，藏到生命深深处，这才是对爱的尊重。

不做怨偶

《红楼梦》里，有一章节写道，宝玉和黛玉又怄气了，两人互不理睬，贾母一句不是冤家不聚头，传到两人耳里，两人好似参禅的一般，低头落下泪来。爱情，原是把两个冤家聚到一起，是前世欠下的情债，这辈子要来偿还，所以有泪，有痛，有无数的辗转难眠。

戏文里，白素贞受了许仙莫大的委屈，断桥边与许仙重逢，她只一句，你这个冤家。便无别的话了。这一声冤家，叫得人肝肠寸断，陪着她潸然泪下。然又知道，她不是当真的，他亦不是当真的，他们是恩爱的冤家，带了亲昵。即使白素贞再骂许仙几声冤家，也是甜津津的黄橙子，外头和里面，都望得见饱满的浓情蜜意。

现实里的夫妻吵闹，却未必能像戏文里这么亲昵，这么齐眉。他们有多少吵闹，就有多少伤害。曾见一对夫妻在菜市场吵架，动家伙了，男人拿把菜刀追着女人就砍。旁边有人感叹，这做的什么夫妻哟。

是啊，这做的什么夫妻呢，如果当初不曾相爱，那何必要结成连理？如果当初相爱过，那为何不念念当初的好？这样的怨偶做下去，真的很没意思。

看新闻，一个二十四岁做了丈夫的男人，勒死自己二十二岁的妻子，并且溺死自己九个月大的儿子。周围邻居说，平时也见他们吵吵闹闹的，都不当真，以为不吵不闹不成夫妻的，谁知道会发生这样的惨案呢？

原来，现实里的冤家聚头，是带了残酷性的。一次次吵闹后留下的伤痕，累加起来会成沟成壑，稍有不慎，就会摔个粉身碎骨。那还不如及早，一拍两散的好啊。

应朋友之邀，去一家酒店吃饭。桌上一对夫妻，带一十岁左右女孩。初看，是恩爱的一家子，男人言语机智，女人含笑款款，孩子可爱清纯。酒至中途，女人突然捂住男人的杯，说，你不能再喝了。男人以为她拂了他的面子，勃然大怒，当众破口大骂，骂的话里，还带了不堪入耳的脏字。男人一声一声你滚，你现在就给我滚。听得一旁的我们，坐立不安。

心突然很疼，为那个女人，一晚上，她的眼睛里，一直含着两泡泪。当男人怒骂的时候，她不曾回什么话，但当男人转身到别的桌上敬酒时，她从牙缝里挤出几个字，死不掉的！她的心里，是有着很深的怨恨的。

实在无法想象这样的夫妻，他们平常的日子是怎么过的。倒是一旁的孩子，旁若无人毫不在意地大口吃菜。想那孩子，怕是早已习惯了他们吧。

夫妻做到这份上，连起码的尊重和怜惜也没有了，又谈什么相濡以沫白头偕老？或许他们也会白头偕老的吧，但彼此的伤害，会让日子变得千疮百孔。这等怨偶，不做也罢。

爱有时来不得半点心软

一个从乡下进城打工的女孩，爱上了一个城里的男孩。为了接近男孩，女孩用尽温柔，终于打动了男孩，两人确立了恋爱关系。但这以后，女孩却变了，总是患得患失，害怕男孩会爱上别人，所以对男孩的行踪控制得很紧。

男孩不胜其烦，屡次想结束他们的关系，但都被女孩的泪水给顶回去了。男孩想，或许结婚后会好些。于是他们结婚了。可是婚后，女孩反而变本加厉，对男孩管得更紧了，一次男孩因为有应酬回来晚了，女孩不依不饶地追问他都跟谁在一起，还一一打电话去核实。男孩尚存的温情，就这样一点一点散去。

男孩对女孩说，要不，我们离婚吧，那样对你，对我，或许都是好的。女孩听了，盯着男孩看了两分钟，然后什么也不说，就往阳台跑。男孩赶紧跟在后面追，在女孩纵身跳下楼的前一秒，他从背后抱住了她。

事后，女孩泪流满面地说，在这个城市，我举目无亲，就你一个亲人，你不要我了，我还有什么活头？男孩的心，便像从荆棘上滚过，很疼很疼。他不敢再提离婚的事，继续和女孩把日子过下去。女孩却因此抓住了男孩的“软肋”，动不动就嚷着要跳楼。每一次，都是男孩赔尽好话才作罢。

一日，单位临时派男孩出差，因为走得匆忙，男孩在半路上给女孩打电话，告诉她他出差了。女孩知道了恼怒不已，说男孩糊弄她，怎么早上出门时没听他说过？她要男孩立即赶回来，否则她就跳楼。男孩这次没听她的，认为她不过是闹一闹。男孩关了手机，继续他的行程。

半小时后，单位找男孩的电话几乎打爆，好不容易有人辗转找到男孩，没有多余的话，只让他快快回家。

女孩跳楼了……

男孩举债十几万，总算替女孩捡回一条命，却终身瘫痪。男孩苍老得无以复加，他痛哭失声，说在恋爱的当初，若是他能硬着心肠跟她分手，也不至于落到今天这步田地。

爱，有时真的来不得半点心软。用心软泡出来的爱，就像用丝线把风铃挂到悬崖边，看似温馨浪漫，稍有不慎，就会摔得粉身碎骨。

不爱拉倒

一个曾经的学生发信息给我，老师，我看《青年博览》上您的《华丽转身》了，真的是您写的吗？

我觉得有趣，我说是又如何，不是又如何？他说，若是，您能告诉我您当初为什么写它吗？是不是自己的亲身经历？

这话把我问住了。

我没有这样的经历。

我记不起当初为什么写它。

总觉得爱与不爱，是件非常干脆的事。看着红尘里那么多恩恩怨怨，有时很急，恨不得替了别人去大叫一声，不爱拉倒，且放手吧！

爱是一件极自尊的事，是有尊严的爱。你爱我，我爱你，是两情相悦，而不是一方求着另一方。没有你，也许生活不一样，但绝对不会活不下去。又也许，会活得更好的。我想起汉代《玉台新咏》里的《上山采蘼芜》，那里面的女人被另结新欢的丈夫遗弃，没有呼天抢地，没有山穷水尽，她照旧把日子过得有声有色。她上山去采江蓠，下山途中，突遇旧夫。她谦恭地问，新人复何如？旧夫的回答，简直让人心花怒放，竟是一句“新人不如旧”。呵呵，瞧瞧，没有了他，她可以活得很好。没有了她，他却是一脸沮丧。报应哪！我简直认为这个女人是故意的，她是故意在下山途中遇到旧夫的。她就是要让他看看，她是何等灿烂哪，抛弃她，那是丢掉一个珍宝，让他把肠子悔青了的。

这样的女人很可爱。

很喜欢这样一句话：“当别人对自己不好的时候，自己一定要对自己好。”所以，爱不是犯贱，当爱情背离的时候，没必要死缠烂打，搞得自己憔悴伶仃，一副怨妇怨夫的模样。要能大着气儿对着那远去的背影说一声，不爱拉倒！是的，不爱拉倒，我还可以爱自己。

学生说，他有四年的感情投入，与一个女孩相爱。原本在深圳有一份不错的工作，月工资六千，还说得过去。但女友要他买房买车，于是他辞了工作，跑到上海，跟人合伙做软件生意。但做生意不是立竿见影的事，钱哪那么容易赚呢？他与女友的感情，便渐渐疏远，他拼命拉也拉不住，为此，他很痛苦。他问我，老师，怎样才能多多捞钱？我问，要那么多钱买爱情吗？他长久沉默。我很“残酷”地说，这样的爱情，不要也罢。

爱情与物质融合在一起，也许没错，但这样的物质爱情，并非每个人都要得起的。什么样的人，过什么样的日子。爱情配别墅华衣是一种，但更多的，却是草根的，凡俗的，是一日三餐，是兜里没有几个钱，也敢逛街，不为买什么，只为一起看看这个世界。

学生听懂了我的意思，他笑，说，所以，我觉得您的《华丽转身》好，及时敲醒了我，我也要华丽转身了。他已办好去日本的签证，准备到外去吃三年苦再回来，好好工作，好好爱。

一把木梳

她总是随身带着一把梳子，仿檀木的，月牙形。横着放时，像一扁舟。

六七年了吧？他给她买梳子时的情景，在她的记忆里，还像一幅新油印出来的画。那时，正是春天好时光，花红柳绿，阳光飞泻。他们就快大学毕业了，一帮人，相约着去公园玩。公园门口，长一排柳树，柳树下，摆满地摊，卖的都是些哄女孩子的小物件，珠啊玉的，还有小木梳。十个女生，像十只小鸟似的奔过去，叽叽喳喳着不肯挪步了。他举着门票，站一边傻傻地等，一脸的无可奈何。这时，不知是哪个女生一回头，叫了声，班长，快来买东西送我们。其他女生都笑起来，嘻嘻哈哈说，是啊是啊，班长送东西给我们，我们好留作纪念。

她没笑，只是低头看那些小物件。她其实，对那些小物件并不感兴趣，她不是个爱佩戴饰物的女生，整日里素面朝天，更多的时间与爱好，给了书本。但他，却出乎她意料地挤到她身边，轻轻用胳膊肘碰一下她，问，你喜欢什么？她吃了一惊，抬头看他，看到他含笑的眼，里面汪满春天的花红柳绿。她有些不知所措。她知道他的优秀，一班之长，风姿卓立，文采飞扬，有不少女生暗恋他。而她，是那么普通，普通得像一棵树上，任意长出的一枚叶。所以她对他，从来只做远观。

他再次轻声问她，你喜欢什么？她慌张地随便伸手一指，道，梳子吧。他立即弯腰握一把梳子在手，看她，这个好么？小木梳在他手里，像一扁小小的舟。她点头。他回头对摊主说，买十把吧。一一分送给在一旁叽叽喳喳的女生。是最后给她的，给她时，他意味深长地说一句，要记住啊，这是我送你的啊。她的心里，一下子波涛澎湃。

后来就毕业了，一个天南，一个地北。起初时也通信，是他先写给她的，信里面絮叨地说些近况，他换工作了，他去了一家电子公司了，等等。不曾提过感情。只有那么一次，他在信末问她，我给你买的木梳子还在吗？她回信说，在呢。隐忍的情感，不落痕迹。

一个人的夜，寂寞拉得长长的。她拿出木梳子，轻轻地，一下一下梳理着她的长发。小小的木梳上，有那日流光飞过。她握它在手，如同握着那日的花红柳绿。夜色泊着，无边无际，像水。她就有些想望，那把木梳子，真的是一扁舟，上面只坐着，她和他。他说一声，我们流浪去吧。她答一声，好。这是痴想了，她在这样的痴想里幸福，还有疼痛。

一日，他信来，信里说，他要结婚了。她默默看半天，回了一个字，哦。有泪在眼里晃着，一直没落下来。从此，不再有牵连。

后来，她也恋爱了结婚了，但那把木梳子，她一直放在身边。某天外出，风吹乱了她的发，她从包里拿出它来梳理，才梳两下，就听“嘎”一声轻响，梳子已断成两半。

她呆呆望着手里的木梳子，那日流光，终是去了。想他，是爱过她的吧？那又怎样？一把木梳，原也承载不了岁月的流逝的。

向一棵草学习

PART Ⅵ — 第六辑

你在，就心安

人世间的爱情，莫不如此。就是亲爱的人，
你必得在我眼睛看到的地方，在我耳朵听到的地方，
在我手能抚到的地方，好好存活着。
你在，就心安的。只要你在，整个世界，就在。

我爱你，我甘愿

QQ上碰到一个写字的女人，不知怎么聊到婚姻的话题，她说，婚姻里，要有更多的妥协，才能走到老。

我却以为，“妥协”这两个字用得不好，用得勉强得很，不情不愿的样子。换成甘愿才是。我爱你，我甘愿。

平生不爱吃辣，嫁的那人却爱极。于是为了他，我一日三餐，都做辣的菜。渐渐地，竟也是无辣不下饭了。大雨的天，他冒雨去菜场买鱼，半路却折回来，为的是问我爱吃什么。他不爱听戏曲，却能陪着我，在戏院里一坐大半天，看浙江小百花来演的《梁山伯与祝英台》。我爱静，他爱动，却也能一起满世界去疯玩，只觉得乐。

婚姻让人成熟，让人懂得，怎样去付出，才能收获幸福。因为心中有爱，所有的付出，都不觉得苦与负担。

我又要想到三毛，那个远走天涯的女子，她的走里面，有多少又不是为了爱呢？她爱的人，在天涯，她是要跟到天涯去的。而荷西，又何尝不是为了她，跑到非洲沙漠去。在非洲的一个小镇上，三毛顶着风沙，到处去找买一种条纹的布，为的是给荷西做好穿的大短裤。沙漠的风，烈烈的，她心里的幸福，却是满满的。能让一个如此与众不同的女子低到尘埃里，除了爱，还能有什么？若是没有后来的变故，她与他，一定能相濡以沫到老的吧。

亦想起以前在乡下住，邻家有男人，五大三粗，在路口摆摊子卖肉，脾气很暴，高嗓门能砸死人。都以为，这样的男人，哪个女人敢嫁他啊，还不被吓死？但偏有一个小女人嫁了他，长相还挺不错的。小女人脸上挂一团温柔的笑，有时会帮男人去守摊子。每当女人在的时候，男人说话明显的低分贝，眼神里，蓄着暖融融的东西。

平常在家，也都是小女人说了算。男人抢着帮小女人做家务，洗衣烧菜做饭，竟是样样都会做的。小女人偶尔生气了，数落他，他也只在一边“嘿嘿”笑，不回嘴。过后，却笨嘴笨舌去哄她开心。

大家都把这当作好玩的事，说想不到这样一个人，却被一个小女人管住了。有好事者憋不住了，问他，为什么这么怕老婆呀？他奇怪地看那人一眼，笑了，怕？我是打不过她还是骂不过她？只是因为舍不得。

一句舍不得，道出了婚姻的真谛：亲爱的，因为爱你，所以舍不得你。因为舍不得你，所以我甘愿收起我的锋芒，为你改变。

会说话的藏刀

导游洛桑，是个迷人的康巴汉子，浓眉大眼，身材魁梧，说一口流利的普通话。他是我们游香格里拉的地陪。一上车，他就给我们来了一个九十度的大鞠躬，浑身是笑："欢迎大家来我们香格里拉做客！你看，天多蓝，云多白！我爱我的家乡！扎西德勒！"

我们很快喜欢上这个年轻率真的康巴汉子。一路上，他一直滔滔不绝着，说当地的风土人情，讲茶马古道的故事，学藏獒叫，唱藏族小曲。他喉咙一展开，我们立即吓了一大跳，那声音简直是金属的，金光灿烂，亮闪闪一片。我们说，若是他去做歌星，保管走红，原生态嘛，现在都热衷这个。洛桑听了，很认真地回答："不，我爱我的家乡，我就愿待在这儿，哪也不去。"

我们听不懂他唱的藏语，他就用汉语字正腔圆一句一句翻译，当翻译到："草原上的姑娘卓玛"时，我们中有人笑："洛桑呀，你有没有你的好姑娘？"

洛桑哈哈乐了，眼睛瞪大，一本正经答："有啊，我的好姑娘，是世上最漂亮的姑娘。"他告诉我们，他的好姑娘也是个导游，他们带不同的旅游团，在同一片天空下转着，却难得相见。洛桑说这些时，嘴边一直飞着笑，表情柔和且安静，让人感动。我们于是都在想象他的卓玛，梳很多小辫子垂挂着，穿镶花边系绣花腰带的藏袍，有漆黑得如深潭的眸子。

问洛桑："是这样吗？"

洛桑频频点头："是的是的。"

停车吃饭，一眨眼不见了洛桑。出门，却发现他蹲在人家水池边，就着一块磨刀石，正专注地磨着他佩的藏刀。问他："带藏刀干吗呢？"他解释："这是藏人服饰中的一块，藏人着装，是要佩了藏刀，才算着好装了。这是流传下来的习俗，藏人最初是用它来防身和切肉吃的。"我们要他示范一下他的刀快不快。洛桑就找了一根铁钉，削了下去。铁钉当即被削断。

即便是这样的锋利，洛桑一有空闲，还是取下他的藏刀磨。这让我们大大不解。洛桑轻轻插刀进鞘，说："我这刀是有灵气的，我把我手上的温度，磨进刀里去，它就会说话。"我们知道他是开玩笑，都跟着一乐。

车过一峡谷，洛桑看着窗外，突然变得很兴奋，洛桑问我们："可以停一下车吗？就五分钟。"我们都伸头往窗外看去，看到与我们相向的一辆旅游车，停在路边，一些游客散在路旁，正对着峡谷拍照。大家好像明白了什么，都一齐说："我们也下去拍照吧。"洛桑一弯腰，冲我们感激地说："谢谢大家了，扎西德勒！"

洛桑是第一个跳下车的，他刚跳下车，我们就见到一个藏族姑娘，从那边车旁奔过来，黑黑的脸庞，胖乎乎的身材，穿着红底子碎花的藏袍，没系绣花腰带。这应该是洛桑的卓玛了，很一般的样子。我们一行人，都有些失望。

接下来看到的，却让我们感动无言。洛桑和姑娘面对面站着，相对着傻笑。后来，她取下她的藏刀，他取下他的藏刀，他们互相交换了藏刀，伸手按按对方的刀鞘，仿佛在看，那刀是不是在对方的刀鞘里安妥了。她理理他的衣领，他拍拍她的肩，然后回头，招呼各自的游客上车。

车上，洛桑说：“那是我的姑娘。”我们点头：“知道。”洛桑就笑了，问：“我的姑娘漂亮吧？”我们说：“是，漂亮极了。”洛桑听了，非常高兴。他告诉我们，两人长期在外带团，见面少，他们就想了这个法子，每次遇到，就交换一下藏刀，因为对方的温度，会留在刀上。

想来，她在一有空时，也一定取出藏刀，不停地磨啊磨。她把她的情和暖，也磨进刀里面。

一碗羊汤泡面

她其实是个顶怕吃羊肉的人。她不喜欢羊肉的那种羊膻味，每闻到，都有要呕吐的欲望。小时家里人曾把羊肉包在饺子里，哄她说那是猪肉饺子，但她，还是隔了一层饺皮把它闻出。

可傅文喜欢吃。傅文说，羊肉肉质最为细腻，暖胃，对皮肤也好。傅文还喜欢吃羊汤泡面，一大碗羊汤泡面，他能吃得精光，连汤也喝了。

她喜欢听傅文说话，喜欢看傅文说话的样子。傅文其实也就一普通男人，但在她眼里，就是与别的男人不一样，特别是他说到羊肉时，眼里流露出的温暖的光芒让她着迷。她认为，他是一个对生活充满热爱的男人。

女人一旦爱上，便变得痴情。她亦是。为了傅文，她一次一次买了羊肉回来吃。第一次吃，她呕吐得恨不得连胆汁都要吐出来。比她小一岁的妹妹在一旁看不过去了，气得把羊肉全倒进垃圾桶，说，姐，你干吗自虐嘛！她却强打精神，又去买了羊肉回来，笑着对妹妹说，傻丫头，你不懂，这就是爱。

她“苦练”的结果，是使自己的味蕾完全丧失了对羊肉的抵抗。傅文再来，她可以亲自下厨，为他煎羊排和做羊汤泡面了。每当她坐到傅文对面，看着自己爱着的那个男人，一口一口吃掉她为他做的羊汤泡面，她内心里，充满幸福。

这样的爱情，很温暖，像一碗羊汤泡面，冒着暖暖的气息。她以为可以为他做一辈子的羊汤泡面的。但一个冬天过去，傅文却提出分手。分手的理由是，他受不了她身上永远不散的羊膻味。你除了会做羊汤泡面外，你还会做什么？这是傅文最后扔给她的话。

她愣在春天的阳光下。春天的阳光，散发出花朵一样的光芒，暖暖的，像羊汤泡面上冒出的热气。但爱情，却走了。

再认识一个男孩，她的心，已裹在一层茧里面了。男孩却很喜欢她，请她看电影，请她吃饭，请她去唱歌。她的态度不冷不热，每次男孩说什么，她都微笑着点头说好。只是在吃饭时，却固执地只点一种主食——羊汤泡面。男孩见她点羊汤泡面，也跟着后面点，但她分明看到，当他把第一筷子面条送进嘴里时，他的眉头轻轻皱了皱，随即却恢复常态，很开心地对她说，味道不错。

她生日那天，男孩亲自去菜市场买菜，挽着袖子，在租住的小屋内做菜给她吃。她应约而至的时候，十几平方米的小屋内，满满当当飘着的，全是羊膻味。男孩正挥舞着铲子在煎羊排。看见她，男孩欢欢喜喜地说，我今天给你烧了羊肉，还烤了羊肉串，煎了羊排，还烧了一锅羊汤，留着给你做羊汤泡面吃。

她倚着门静静看着他，想起那年冬天，她在锅上为傅文做这些。那个时候，支撑她的是爱情。眼泪，不知不觉流下来。

男孩慌了，以为是油烟呛着她了，忙关了煤气灶，拿毛巾给她擦泪。可那泪却越擦越涌。终于，她说，我不喜欢吃羊汤泡面，真的，一点都不喜欢。

男孩立即怔住，半天才讷讷道，天，我也是。为了你，我苦练了两个月。

心，破茧而出。一个肯为她迁就着吃羊汤泡面的男孩，是值得托付终身的。她看见，她的爱情插着翅膀飞回来了。

我曾如此纯美地开过花

那年，我高考失利，到邻县一所中学去复读。学校周围，住一些人家，小门小院，家家门前长花长草，还有一些泡桐树。高大得很，枝叶儿疏疏密密地掩了人家的房。四五月的时候，泡桐树开花，一树一树淡紫的花，环绕在房子上方，像给房子戴上了花冠。我喜欢在清晨，捧了书，跑到那些树下读。那个时候，我也成了大自然中的一个，我忘了乡下孩子的自卑，我变得很快乐。

就在无数个清晨之后，我遇到了那个男孩。他穿一身白色运动衣，在练退步走，黑发飞扬，朝气蓬勃。我当时正捧着书，他笑着跟我点点头，又继续他的跑步。

我只觉得眼前有阳光在飞。那个笑容，从此印入我脑海中，挥之不去。这以后，我在清晨读书时，开始有所期待，每天听着他的跑步声临近，又听着他的跑步声远去，心里有头小鹿在跳。

后来在学校，人群里相遇，他显然认出了我，隔着一些人，他递给我一个笑，熟稔的，绵长的，有某种默许似的。我的脸，无端地红了，也还他一个笑。除了笑一笑外，我们没说过一句话。

梦里开始晃着一个影子，很多的时候，并看不真切，像远远开着的一树花，一团粉，或一团白。我开始嫌自己不够漂亮，对着镜子，把清汤挂面样的头发，拨弄了又拨弄。母亲纳的布鞋，母亲缝的土布衣，多么让我难过！我变得很忧伤。那些捉不住的忧伤，雾岚般的，淡淡地飘在我的日子里。

泡桐花落尽的时候，我要回我家乡的学校参加高考。走的那天清晨，我依然在学校门前的路上晨读，那个男孩，也依然来晨跑，穿一身白色运动衣。他跑过我身边时，放慢脚步，送我一个笑，又渐渐加了速跑远。望着他的背影，我被疼痛瞬间击中，我在那个清晨，流下眼泪。我很想很想对他说一声再见，但最终什么也没说。

人的一生所经历的，并非只有轰轰烈烈才成记忆。在泡桐花盛开的时节，我自然而然会想起他，我会痴痴发一回愣，而后微笑起来。我望见了我柔软的青春，不后悔，不遗憾，因为我曾如此纯美地开过花。对岁月，我充满感恩。

寻找被标记的爱人

那一天，本来他是向南走的。

那一天，本来她是向北走的。

半路上，他突然遇到他的朋友。她突然遇到她的朋友。朋友是去参加一个聚会的。他被拖去。她也被拖去。竟是同一个聚会。

满场都是别人的喜庆和热闹，他们是不相干的两个人。他挑了一个角落坐下，她也挑了一个角落坐下，安静地看着那些热闹。偶尔有人走过去，招呼道，吃水果呀。他点点头笑，好。她点点头笑，哦。再无多话。

水果吃得牙发酸。他抬了头，她也抬了头，越过一些人的肩，他与她的眼神，就那么相遇了。他惊讶于她的安静，她惊讶于他的沉稳。

他对她笑了一下。她愣一愣，回他一个笑。他记住了她眼睛下的一颗痣。母亲曾说她那颗痣长的位置不好，是颗泪痣。好像也真的应了命运，她的眼泪没少流，日子里，有诸多不顺。青春的心，早已千疮百孔。

她记住了他额角的一块疤。那块疤是他在一次车祸中留下的。那次车祸他昏迷了整整三天三夜，医院下了好几次病危通知书。最后，他却意外地痊愈了，除了额角留下的这块疤。母亲在庆幸之余，惋惜地说，破相了。命运也似乎不眷顾他，他爱的女孩，卷走他全部财产，跟人走了。

这会儿，他用眼神轻轻抚了抚她的痣，心里想的是，好特别的女孩子。她用眼神轻轻拂了拂他的疤，心里想的是，好特别的男孩子。这样想了想，聚会也就结束了。到处是告别的人。他跟了他的朋友走，她也跟了她的朋友走。在门口的灯光暗影处，他回了回头，她回了回头，一屋的灿烂还在，那人却不见了。

他回到他的日子里，她也回到她的日子里。大街两旁，梧桐树上的叶绿了，黄了。黄了，绿了。有时，他会想一想那晚，想一想她眼睛下的那颗痣。如潮的人群里，他会有意地寻一寻，却从不曾再遇见她。有时，她也会想一想那晚，想一想他额角的那块疤。寂寞的日子，就这样一天一天过去了。

一晃地，他和她，都成了大龄青年，几乎天天被家人拖去相亲。却在每次相亲时，他会想起她的痣，她会想起他的疤。每一场相亲，都无疾而终。日子渐渐地累了，倦了，他简单收拾了一下行囊，出外散心。他想，等回来后，一切会从头来过。

却在车站，与她不期而遇。售票处，她把钱递到窗口，说，到丽江，一个人。窗内的票很快递出来，粉红的一小张，被她捏在手上，她舒了口气，转身欲走。等在她身后的他，听到她说“丽江”，忍不住把她拉住，他说，嗨，我也去丽江。一抬头，两个人都惊讶地愣住了，他看到她的痣，她看到他的疤。一个人的旅程，成就了两个人的爱情。

现在，他和她常常幸福地对望，他抚着她的痣，她摸着他的疤，心里感激着，甜蜜着。原来，上帝早已给相爱的人留下了特殊的标记，好使他们在尘世迢迢里，能够找到彼此。

幸福的中草药

小时，有邻家女人，奇瘦，脸苍白，是风吹吹欲倒的草人儿。母亲说，她有病。有什么病呢？不知。她男人人高马大的，常见他，在炉火上耐心地煎着一罐中草药。火舔着土黄的瓦罐，瓦罐里发出“嘟嘟嘟”的声响，热闹非凡。那些草药有好听的名字，譬如白芷和紫株，还有芫花，一枝香，一叶萩。

女人躺在一张躺椅上，很安静地望着煎药的男人，一方暖阳，静静落。这样的光景，有地老天荒的味道。那时我尚不懂地老天荒，但就是喜欢站在屋角，远远地望着他们，一望就是大半天，望得心里很满足。

女人吃过的中草药，大概可以成篮装。母亲有时在家谈到她，羡慕她的好福气，嫁了一个好男人，天天煎中草药给她喝。若换个男人，她的骨头，怕早就绿了，母亲这样叹。

从没见女人干过活，精神气好的时候，她撑着门，跟男人细声细气地说话，眉毛眼睛都在笑。男人煎好中草药，浓的汁液倒在一只小碗里，小心地吹吹冷，给她端过去。罐里的药渣倒在门前的路上，散发出浓浓的药香味。那药渣也是我喜欢看的，里面有做药引子的红枣，泛着甜蜜的乌。女人，男人，还有他们的中草药，在年少的我的眼里，很神秘。

后来，我因病也吃过一段时期中草药。那时我念小学，突然患病，四肢无力。母亲带我去看病。医生说，先吃些中草药调养调养再说吧。他在纸上唰唰地写着药名，我的心，在一旁欢快地跳。我终于可以亲近中草药了。我感觉自己一下子长大，大得像邻家女人一样，有点神圣。

母亲找来药罐，在炉火上给我煎药。一些草们，就在药罐里热闹，噗噗噗，它们发出温暖的声音。我只觉得快乐，有被人珍视的感觉。母亲却焦虑，怕我不肯吃这么苦的药，买了冰糖放一旁，说等药喝完了，就可以吃一颗冰糖。

我的病，不久之后好了。年少时喝药的温暖，却一直留在心底，它与家与爱连得很近。邻家女人这些年来，竟也是安康的。一次我回老家，见到她，很惊讶于她胖得很了，脸色红润。她在家门口喂一群鸡，大着嗓门跟从她门前路过的人说话。

我问母亲，她的病好了？母亲说，早好了，瞧她现在胖的！我笑，眼前飞过一片旧时光：男人，女人，土黄的药罐，在炉火上热烈着。噗噗噗，无数的草们，在药罐里相会。它们是我最初对幸福的理解和向往。

和你共赴危险

她和他随团去旅游，到湘西。

一个团基本都是年轻的夫妇。漂亮的导游小姐开玩笑说：“我们这个团，是蜜糖做的哦。”她听了，倚到他的肩上，只笑不语。

去峡谷漂流。奔流的溪水中，搭一浮桥。导游说：“这儿是考验爱情的地方哟。”游戏是这样玩的，男人背女人过河，如果彼此心有灵犀，就能顺利踩过浮桥过河去。

大家很开心地玩起这个游戏来，只有他不肯。他看着浮桥说：“两个人一起走过去不是更稳么？”

结果，全团的妻子中，只有她一个是被冷落的。她看着那些被溪水淋湿了仍兴奋不已的女人们，心底的爱，一寸一寸变冷。她想，结婚不过才几年，他们的爱情就走远了，他已不是当初那个放她在手心里还嫌不够的男人了。

她闷闷不乐地度过一天，要不是路途遥遥，她也许早就头也不回地走了。他却浑然不觉，仍兴致勃勃地玩东玩西。

第二天，去苗人谷的土匪窝。导游介绍，土匪窝地形险峻，山高路陡，要加倍小心。

一路走去，大家不时发出“哇哇”的惊叫声，这儿留影那儿留影的。她的热情，却怎么也点不燃，只是碍于旁人在场，免不了在脸上装出笑来，镜头前的笑容，那么勉强。她心里想的是，假如真的没了爱，她宁可不要这段婚姻。

土匪窝在一个很大的峡谷里，有一狭窄的铁梯通到上面的山洞。山溪奔流，如同大雨倾盆，终年如是。若是要上去，必须穿过这道雨帘。导游说："上面也没什么可看的，就是一山洞。"

大家便有了退缩的意思，尤其是女人们，走很长的路，走得腿酸腰疼的，她们不愿再去冒险，都说，不上去吧。他也说："不要上吧，很危险的。"

她本不想上去的，但听他这么一说，反倒偏偏要上，于是不管不顾地向上攀去。

这一段路的确陡峭，再怎么小心，穿过雨帘时，她的脚下还是一滑，差点滑下去，一双手适时托住她。她回头，是他的笑脸，他冲她挤挤眼睛。

他们手脚并用地爬上去，有好几次，她都差点滑倒，幸好有他在一边。等到他们爬上去，看到上面除了一山洞，和一块开阔的平地外，的确什么也没有。但她却幸福得很。

后来他们回到山脚下，其他的人都很羡慕地问他们："上面好玩不好玩？"他们不约而同齐声答："好玩极了。"说完，相视一笑。真正爱你的人，是能和你共赴危险，而没有丝毫犹豫的人。

在别人眼里望见幸福

她与他，结婚十来年，越来越没感觉了。别人都对她说，你嫁了个好丈夫啊！他们所说的好，是因为他不抽烟不喝酒，更不花心。左邻闹绯闻，右邻闹离婚，他们的婚姻，却四平八稳着。

她冷眼旁观他，却看不出他的好。他有什么好呢？不过一普通男人，矮、胖。近些年，还渐渐开始谢顶。

结婚时住的房子，至今还住着，在一幢楼的底层，两室一厅的小套。家里的家具也没多大变化，陈旧而模糊。她常不合情理地想起张爱玲一篇文章里的话："年轻的人，想着三十年前的月亮，该是铜钱大的一个红黄的湿晕，像朵云轩信笺上落了一滴泪珠，陈旧而迷糊。"回望总是最最令人惆怅的，隔着三十年的光阴，那个蹒跚起步的小丫头，已在婚姻里，变成了和家具一样陈旧的小妇人。

屋后的那棵小松树倒是见长了，一年年高过窗台。她有时站在后窗口望外面，常生了怨意，这么潮湿不见阳光的地方！

他却温和地一笑，并不在意她的埋怨。他拾掇着家里的零零碎碎，小锤子拿手上，不时地叮叮当当。坏了的门啊窗的，都是他修理。他把易拉罐敲成小花瓶，里面长一棵胡萝卜。他用雪碧瓶做笔筒做牙签盒，放桌上，自我陶醉。他在小锤的叮叮当当声中，很有滋味地过着小日子。她望向他，望得心里的叹息，落雪般的，落了一层又一层：这样一个不思进取的小男人！

那日放假，要好的女同事倡议两家结伴出去游玩。所选地点不远，是离小城百十里的一座山，当天去，当天回。

她其实很不愿意和他一起出去。同事的丈夫风风光光，开着小车，而他，连方向盘都没摸过呢。但同事却千叮万嘱让她一定要带上他，说，这样才热闹。

她第一次把他带到同事面前。同事对他甚有好感，不住嘴地夸他是好男人。她觉得好笑，说，我怎么没觉得？同事说，你看，你们出来玩，所带的吃的喝的，全是他一人背在身上。你的鞋带掉了，是他弯腰帮你系的。你的遮阳帽，是他帮你理正的。他怕你渴了，不时拧开矿泉水瓶盖，递给你……

她突然就愣住了，这一切，都是他经常做的呀。因为经常，所以千般的好，都被她忽略了。

山不高，却陡得很。她和同事都穿着高跟鞋，爬起山来，显得困难重重。一路上，她不停听到同事丈夫的埋怨声，说，既然晓得出来爬山，怎么不换双平跟鞋？那埋怨声是冲着同事的，声音里，有很多的不耐烦，是嫌同事走慢了。而他，却一直好脾气地走在她身边，不时看看她脚下，生怕她被什么绊了。安慰她，不急不急，慢慢走，好的风景，要慢慢看。

她心里，倏地荡过一片湖。她轻轻闭上眼，把手伸向他，任他握着，跟他走。她什么也不去想了，只想，陪着这个好男人，一路走下去，就这样，走到老。

披肩的温度

初相见，她披着大红披肩，在一群人中微微笑着，在听别人说话。他的眼光，越过人群，牢牢锁定在她身上。那一袭披肩，真是艳到极致，镂空的花，一朵一朵息在她肩上，让人想入非非。

他千方百计接近她，却发现，她不是遥远的一个。她很随和，甚至有几分小女人的傻气。几乎没有什么迂回曲折，她就做了他的女朋友。

他给她买各种各样的披肩，薄型的，飘逸的。大绿或大紫。披到她肩上，都能自成一段妩媚。他喜欢她裹着披肩的样子。

她明白他的喜欢，所以自打认识他起，她总是披着披肩。雪花飞舞的大冬天，为了能配上镂空的流苏大披肩，她舍了暖和的羽绒服。她和他走在一起，有人夸，你的女朋友好漂亮。他笑，转过头看她一眼，她勉强还他一笑，嘴唇却冻得发抖。他没发现。

这样倾心的爱，也只不过是刹那芳华。后来，他喜欢上别的风景，她的披肩，对他再构不成一点点魅惑。几十条披肩，之于她，原不过是他给她的道具，好演一场华丽给他看。那上面，本就留不住温度。

她叠起那些披肩，从此跟着四季分明，冷暖自知。

再遇爱，是在冬天。朋友介绍的，那人在医院工作。

他们开始约会。在她这边，是抱着可有可无的态度。闲着也是闲着，找一个人聊聊天也是好的。而在他那一边，却完全地投入了，他喜欢上她身上淡淡的味道，文静、闲散，让人心安。

那一天，他们一起喝茶，她不停地伸手揉肩。他问，怎么了？她笑，老毛病了，肩周炎。他“哦”一声，眼里有痛。

隔天，他送她一件礼物，竟是一条紫罗兰羊绒披肩，软乎乎的，小毛毯似的。她在心里冷笑，天下的男人难道都喜欢女人披着披肩的妖媚。

晚上，她收到他发来的短信：“喜欢那条披肩吗？我找了很多地方，才买到这条厚一点的羊绒披肩。晚上冷，你坐电脑前写作，可以把它裹在身上，抵挡一点寒冷。”

她发了一会儿呆，把丢弃一边的披肩裹到肩上，身上立即被一寸一寸捂暖了。这个想到她寒冷的男人，让她忍不住在静的夜里，微笑起来。她慢慢在手机上按键，输入两个千转百回的字：“想你”，发送了出去。

爱的坚守

她是个喜欢看言情片的女子，喜欢看，多半是因为喜欢里面的爱情，无不是曲折缠绵的。她陪着落下一场一场的泪。心里面期望着，自己某天也能遭逢一场这样的爱情，他是痴情永不移，她是历尽险阻矢志不渝。多么美！

然她的爱情，却令她失望，永远地波平浪静四平八稳。她有时乱找岔子发一通无名火，他也是好脾气地笑问，又怎么啦？怎么小孩子似的？

他把她，是当小孩子哄着来的，对她百依百顺。还烧得一手好饭菜，来喂养她的胃。

这样的日子不是不好，而是好得找不到缺点，她因此疲惫。那日，乘出租车外出，路上与司机闲聊，说起现在交通事故多。司机说了一句话，让她回味了老半天。司机说，越是平坦的路面，出事故越多。她问，为什么呢？司机说，平坦的路面，人容易放松警惕呀，这时开车人的神经就会松弛，最容易打瞌睡了。

她后来想，他们的婚姻，是不是也打瞌睡了？

这个时候，她遇到了另一个男人，是在网络上认识的，也是个喜欢言情片的。男人喜欢言情片，肯定是个多情的。她哪里架得住他的甜言蜜语？心里生出碧绿来，茵茵的一片。她，爱了。

回头看他，还凡俗在家常里，像家里摆设的那些家具，一日日，陈旧了去。所以，当男人约她见面，她毫不犹豫地跑过去，却对他谎称，出差呢。

到达男人的城时，大雨。她设想过男人会在大雨中守候她，然后心疼她一路的奔波。结果却很失望，男人说，公司临时有事，他来不了了。要不，你先住下？男人在电话中这样说。她只觉得一颗爱的心，立即谦卑得直直往下坠，坠落进尘埃里。

在旅馆里惶惶地住下，四面相袭的，都是冷和寂寞。她抱臂相抵，所谓的千转万回的爱情，原是这等的不堪。

家里来的电话适时响起。他在那头欣欣喜喜说，我今天给你买了一件新衣裳。我们有女同事买了，我看着不错，所以也给你买了。

一如往常的絮叨，这一次，她却听得泪落。

第二天天一亮，她就登上了返家的车。半途中，她接到男人的电话，男人说，你在哪？我事情办好了，陪你好好玩玩。她回，不用了，我回家了。然后关了手机。一路上她想的是，他在干吗呢？是在打理花草还是在拖地？

日子又回复到往常，他依然，是那个满足于过过小日子的男人，安稳在寻常里。她依然，是那个喜欢看言情片的女子，却不再为片中的主角流泪了。

那日，太阳下的阳台上坐着，他在她的发里面，找到一根白发，通体雪亮。他拔掉它，笑一句，瞧，你也老了。

她怔怔望他。十多年的婚姻，他们在婚姻里相融，相融到水波不兴。这难道不是一种好吗？这世上，有一种坚守是最不易的，就是能在风平浪静中，安心地和你数着日子里的琐碎，一直数到老。

我在等你回家

二十四岁那年，她和他走进婚姻里。小城，小家，过凡俗小日子。

小城的景也单调，连座像样的公园也没有。小家的日子也平淡，无非是三顿饭菜，外加洗衣拖地板。她的心，慢慢生出惆怅来，想多少青春好梦都未曾来得及做，就如此匆匆，把自己给嫁了。

彼时有大学同学，正在南方的大都市里，风生水起地办公司。打电话给她，殷殷相邀，“大才女啊，来南方吧，南方更适合你发展。”

心，再也无法安定在凡俗里，像一只恋花的蝶，翩翩着，要向着那姹紫嫣红飞去。她装着不经意地跟他说：“有南方的公司想聘请我呢。”

他停了洗菜的手，一蓬青菜，碧绿在水池里。他转身问她：“你的想法呢？”

她略略沉吟了一会儿，轻咬了嘴唇说：“我想去呢。”

他“哦”一声，没再问什么，只说：“好，你想去就去吧。”回头继续洗青菜。油烟腾起，青菜下锅，爆炒，装盘。这是他们的家常菜，清火生凉。

她在他的背后，失落，有泪盈眶。暗想，原来，他竟是不在意她的。

不日，她飞赴南方。他关照：“在外要好好照顾自己啊，多吃蔬菜。”再无多话。她一颗心早已飞了出去，答应一声：“好。”欢天喜地上了飞机。

大都市的时尚与繁华，让人目不暇接。最初的新鲜劲儿过去，生活亦掉入凡尘，紧张的工作，让她必须全身心投入。有时为设计一张图纸，她彻夜不眠，却没有人“责怪”一句：“你怎么不好好睡？”——这是他惯用的口吻，看似淡淡，却有无限心疼。饭菜亦是应付着，平时叫的都是外卖，火腿肠和鸡腿，吃得她犯腻。“多吃青菜好啊，养眼还养胃的。”——这是他喜欢说的，边说边夹一大筷子炒青菜放她碗里，碧绿碧绿的，透着清新和欢喜。她就这样念起他的好。

那日晨起，半梦半醒中梳洗完毕，去办公室，无意间一瞥楼梯口的一面镜子，她被镜中人吓了一跳，厚厚的粉底，难掩脸上的憔悴，更要命的是，她口腔溃烂，半边嘴巴都肿起来。同学从旁边过，行色匆匆。看见她客气地招呼了一声：“还好吧？”她口是心非答：“还好。”同学于是笑笑，跟她点点头，兀自走开。

她突然悲从中来。她憔悴成这样，同学竟视而不见，若是换作他呢？她当即拨了电话回家，未语泪先流。他静静等她哭完，说：“回家吧，我一直在等你回家，回家可以好好睡觉好好吃饭，外面再好，也是奔波。”

她终于明白，能够无条件容纳和安抚她的，唯有他，和家。她一刻也没停，向同学递了辞呈，回家。

棉花匠的爱情

冬天的乡下，是一年中最清闲的时光。白雪封田，家家茅草房里，都有一炉炭火燃着。外面一个冰雪世界，屋子里，却是一家人最和暖的日子。

棉花匠都是在这个时候，来到村子里的。一辆破自行车上，挂着他的家当——棉弩、棉杆和棉锤。他一进村子，就有眼尖的小孩子叫起来，弹棉花喽。

每年到村子里来弹棉花的，都是一个背有点驼的男人，脸色黢黑，看不出他的实际年龄，有说他三十多岁的，有说他四十多岁的。村人们看他的眼光有些怜惜，怜惜他一个人过日子的艰难。家家都拆了旧棉被，请他到家里来弹。嘭嘭嘭的弹棉花声，响在整个村子里，从这家响到那家，一直响到年脚下。在棉花匠有节奏的弹唱中，棉花渐渐变得酥软。他铺垫，压被，眨眼间，一床暖和的棉被就成了。大家都夸棉花匠好手艺。棉花匠听了，只笑笑，不说话。他是个沉默的男人。

这一年的冬天，棉花匠又来了。脸色依然黢黑，脸上却一直挂着笑，仿佛藏着什么好心事。还让围在边上看他弹棉花的小孩，拉一拉他的棉弩。小孩子拉不动，他就笑了，说，这个，可不是随便能拉动的，要好好练的。他跟村人们的话也多起来，聊收成聊日子。他说，过日子苦点不要紧，只要有个人能暖暖心。村人们笑他，想女人了吧？他嘿嘿笑。

这年，在村子里弹完最后一床棉被，要结算工钱了，棉花匠却提出，不要工钱，只想要一些棉絮。原来，他有女人了，他想送她一床新棉被过年。大家听了，都替他高兴，争着问他女人的情况。他只一个劲说好，她什么都好。后来，家家都匀出一些棉絮给他，他把棉絮装进一个蛇皮袋里，背到肩上，脸上现出快乐的潮红。

来年的冬天，棉花匠的自行车后，就跟着一个女人。女人也有张黢黑的脸。村人们看着，笑说，倒也配。请那女人喝茶，告诉她，棉花匠是村里的老熟人了。女人一律微笑，打着手势。村人们这才知，女人，原是一哑巴。都有些替棉花匠可惜。

棉花匠却乐着，弹棉花的动作变得轻盈，一下一下，“嘭嘭嘭”的，像歌唱。女人守一边，笑着看他，帮他拉线，压垫，配合得天衣无缝。洁白的棉絮飞成一朵朵花，他们罩在花里面，是珠联璧合。

又到结算工钱的时候，棉花匠依然不要工钱。这次，他提出，要一些白面馒头。年脚下，家家都蒸了几笼馒头准备过年呢。大家奇怪问他，要这么多馒头做什么呢？拿了钱可以买其他东西呀。他“嘿嘿”笑两声，看他女人一眼，说，我家女人喜欢吃。

棉花匠如愿得到馒头。这家给点，那家给点，竟装了满满一袋子。他和他的女人，推着那袋馒头，走在雪地里，一步一步向着他们的家走去。他们的背影，像息在大花被上的一对鸳鸯呢，不知咋的，看得村人们眼睛潮湿。

你在，就心安

祖母八十六岁的时候，耳还不背，眼也不花，还可以在屋内眯缝着眼做针线。大她两岁的祖父却不行，一步已挪不了两寸了。他总是安静地坐在院门口晒太阳，一坐就是大半天。

两个人，不过看着一屋远的距离，祖母却每隔十来分钟，要大着声唤一声祖父。“老头子！”祖母这样唤。有时祖父听见了，会应一声“哎。”祖母笑，仍旧低了头，做她的针线活。有时祖父不应，祖母就会急，迈着细碎的步，走出门去看，看到祖父好好的，正在太阳下打着盹呢。祖母就笑嗔：“这个死老头子，人家喊了也不睬。”

我笑她：“你也不怕烦，老这么喊来喊去地做什么？”祖母抬头看我一眼，宽容地笑，说：“儿啊，你不懂的，知道他好好地在着呢，才心安的。”

心，在那一刻，被濡湿了，是花蕊中的一滴露。原来，幸福不过是这样的，你在，就心安的。粗茶淡饭有什么要紧？年华老去有什么要紧？只要你在，幸福就在。

我想起三毛和荷西来，那对爱情神话中的人儿。那时，她在灯下写字，他在一边看书，两个人有一搭没一搭地说着话。是不是偶尔，她一抬头，叫一声：“荷西。”亲爱的那个人，会缓缓回过头来，看她一眼。也没有多话，只温暖地交换一下眼神，然后，她继续快乐地写字，他继续迷醉地看书。但却有厚实的东西，填满了他们的心。你在，就心安的，这是人世间最最温馨的相伴。后来荷西走了，她在灯下，再也唤不回他回眸的温暖了。尘世间再美的风景，也与她无关。她的心，是空的。十年后的某天，她终追了他去。

曾听一个女人讲过这样一件事，说她的男人，在夜里睡觉时喜欢打呼噜。一日一日的，她习惯了他的呼噜声，每夜都是在他的呼噜声中入睡，睡得安稳而踏实。偶尔她男人夜里睡觉不打呼噜，她必三番五次醒过来，伸了手去摸，摸到他正均匀地呼吸着，她才会放下心来，继续睡。

初听时，以为笑话。其实，不是。人世间的爱情莫不如此，就是亲爱的人，你必得在我眼睛看到的地方，在我耳朵听到的地方，在我手能抚到的地方，好好地活着。你在，就心安的。只要你在，整个世界，就在。

洗手作羹汤

读唐诗，读到王建的“三日入厨下，洗手作羹汤。未谙姑食性，先遣小姑尝”，爱极。特喜欢“洗手作羹汤”那句，很活泼，充满生活气息。是女子葱白如玉的手么？浸在一盆清水里。女子弯弯的眉梢上，一定含了羞。心却是忐忑着的，实在怕做不好汤。菜在案板上躺着——是剥光皮的芋头，或是，一堆切好的山药，可以做甜汤。女子的发挽上去，收起女孩子的俏皮，从此，做了人家的媳妇。

我以为，再多家常的细节，也敌不过这个“洗手作羹汤”的。这是怎样的一种可亲与可爱？一个女子，她肯为你跳进厨房做羹汤，当汤在锅里“噗噗”地响着，厨房里弥漫着食物好闻的味道，你远远归来，一脚踏进家门，就被浓浓的食物香气给抱着了，你的心里，会绵延出怎样的满足与幸福来？家常安康的日子，原是这一鼎一镬滋润出来的。

记忆里，我的祖母，会做好喝的鸭羹汤。这汤其实与鸭子一点关系也没有，完完全全是芋头做出来的。那时日子清贫，吃不到鸭，但芋头却是不紧张的，屋后的地里，长很多。刨出来，剥下外面一层黑乎乎的皮毛，就露出里面雪白的身子。祖母的切功很了得，她会把它切成大小均匀的疙瘩，一粒一粒，放锅里烧。汤烧得十分地黏稠，我的祖父爱吃。每到饭时，他总是吩咐祖母，做一碗鸭羹汤吧。

那时，我喜欢在一边看祖母做羹汤，一招一式里，都是暖和香。切刀在案板上叮叮咚咚，灶膛里的火苗烧得旺旺的，空气中，飘着葱花的香，日子真是又踏实又温暖。

如今，可喝的汤太多了，鸭羹汤倒是不常见，它更多的是在怀念中。偶尔我想起，会到菜市场上去寻了芋头回来，学着祖母的样子做。但过后手却瘙痒得不行，像有千万只虫子在皮肤里面爬。原来，芋头皮是极易使人皮肤过敏的。想祖母做了一辈子的鸭羹汤，却从未听她喊过手痒，那里面，该有多么深厚的爱的支撑！

我想到女友尹娜。尹娜原是个相当前卫的姑娘，她讨厌被束缚，她讨厌传统婚姻，讨厌做烟熏火燎的主妇。曾当众宣布：一、永不结婚，二、永不进厨房。一个人过多自由自在啊，她说。于是天马行空，满世界游走，活得潇潇洒洒。她的新居里也有厨房，厨房里的厨具，一直都是簇新簇新的。她笑言，摆设而已。某一日，我去看她，却看到她正挽着袖，异常努力地在对付着一条大鱼。问她，干吗呢？她说，煎鱼汤啊。脸上的表情，镇静从容得很。

原来，她爱了，她爱的那人，上夜班，熬夜呢，她要煎鱼汤给他喝。鱼汤，大补，她这样跟我解释。说着说着，竟幸福地笑起来，完完全全忘记了，她曾经发过的誓言。

因为爱你，才会为你洗手做羹汤。这就是凡俗的爱情，家常的，充满烟火气的。

亲爱的

看《傅雷家书》，我注意到有三个字，总是频繁出现，落在每封信的开头。“亲爱的爸爸妈妈”，这是傅聪对傅雷夫妇的称呼；“亲爱的小孩”“亲爱的聪儿”，这是傅雷夫妇称呼傅聪的。是的，亲爱的，这三个简简单单的字，透着一股子的亲昵。如春阳正好时，那绿影婆娑中，突然跳出一只欢快的鸟，啁啾出一派融融来。

我的生活里不乏亲爱之人，却极少对他们称过亲爱的，也极少被他们称作亲爱的。记得大学时远离家乡，在异地的天空下，很想家，就铺开信纸给家里人写信，抬首很是郑重地写上：“敬爱的爸爸妈妈。”父亲收到这样的信，很认真地给我回复，他在信的开头，竟对我直呼大名。光秃秃三个字，再无任何修饰，像冬天落光叶的枝干。当时的父亲，大概考虑到我上大学了，是成人了，必得以成人的方式来对待我，以示尊重。

可我，却是真真切切地失望了一下。我感到一种疏离。我那时尚不曾想过要他唤我亲爱的，但到底还是希望，他能很亲昵地唤一声我的乳名——二丫头。

父亲写给我的书信，我遗失掉了。我给父亲写的书信，却被父亲珍重地收藏着。父亲有事没事，爱把它们拿出来溜两眼。有时遇我在家，他还会指着书信对我说：“瞧瞧，二丫头，你那时是想家的。”声音里有惆怅，有伤感，我听得心里酸酸的，不知不觉时光已走了十万八千里，我回不到我的青春，我的父亲回不到他的中年。我看到每封信抬首那三个硬生生的“敬爱的”，貌似尊敬，却有着客套在里头。父亲并不在意，他把它们宝贝似的收着，在一场又一场的回忆里取暖。

现在我想，若是当年我抬首写的是“亲爱的爸爸妈妈”，我的父亲，会不会更喜欢？

待到青春恋爱时，偶有几次，我也曾被那人唤作“亲爱的”。唤得羞羞涩涩，唤完，他笑，我也笑。心里很甜。仿佛这几个字是在蜜里面浸过似的，叫在口中是甜的，听在耳里是甜的。婚后，却再听不到他叫。

突然想起宋美龄，那个到老都优雅着的女人，曾让许多人为她大大的不甘，天底下的好男人多了去，她怎么嫁给了蒋介石呢？

然真实的情形却是，他们是相濡以沫的一对。他恋着她的“才华容德”，她一口一个“达令”地唤着他。那声“达令”，叫得软软的，甜甜的。他是她的亲爱的。任世间风云变幻，他们始终不曾分离。在爱情中，他们也不过是一对寻常男女。

记得他的好

女友跟老公吵架了，半夜三更跑出来。她半个身子埋在我家沙发里，泪水糊了一脸，不住声地抽噎，像头受伤的小兽。

事情的起因其实很简单，两人吃完晚饭，坐在一起看电视。是一部言情剧，剧情发展到男主角给女主角送花，一下子触动了女友浪漫的神经，她问老公，你为什么不给我送花了？

像多数男人一样，她的老公很不屑于她这一问，回她，花能当饭吃么？

女友觉得受到轻视，跟他辩论起来，辩着辩着，就偏离了原先的话题，两人都说出伤人的话来。最后是老公摔了手上的茶杯，女友摔了桌上的花瓶，气得跑出来了。一个完美的夜晚，成破碎。

女友泪水纷飞地数落着老公的不是：他不再记得她的生日；她晚归的时候，他不再去路口接她；出差回来，他不再给她带礼物；他喝酒，抽烟，还很懒，很少帮她做家务。如此等等，她的老公，简直就是一个坏男人。

这日子没法过了，我要和他离婚！女友最后恨恨一句。

我笑着听她数落完，问她，他可有好的地方？

女友显然在气头上，斩钉截铁地回，没有。

我笑了，他果真没有一点点好的地方，你怎么可能跟他一起生活这么长时间？

女友被问住了，她冷静下来，细细想想，他的确有不少的好。她生病时，他细心照料她，没下过厨的人，居然炖出一锅排骨汤让她补身子。家里的重活都是他干的，譬如买米买油。她看中的衣裳，价钱再贵，他也会买给她……说到最后，女友的语气，渐渐变得温柔起来，她不好意思地对我笑笑，说，我该回去了，说不定，他在家等我呢。

我高兴地送她出门，却发现，她的老公，正守在我家楼下。原来，他一直跟在她后面。他们跟我告别，起初还互不理睬，一前一后地，隔着一段距离，后来却牵着手走了。

我想起以前我和那人吵架的情形。不记得因为什么事，只记得吵得很厉害。那人像头暴怒的狮子，两眼通红地对着我吼，吼了一通后，竟“哐”的一声带上门，把我一人扔家里。我当时心里那个恨啊，觉得自己简直上当受骗了，被他骗进婚姻里，他却不懂得疼惜。

我开始找东西摔，我要摔得他心痛，我要把一切都砸了。我想摔电视机，却下不了手，我想起一些好时光，我倚在他身边看电视，他给我削苹果吃。我要摔花瓶，捧起花瓶时却想起，这是他买给我的礼物。我想摔碗啊盘子的，却忆起，那是我们一起买回家的……最后，自然什么也没摔成，倒是我自己在回忆里，变得心平气和。

那人回来时，家里一切如常，我正在厨房里煨汤。他站在门口看了看，轻轻走过来，从背后环住我，轻声在我耳边说，对不起。

那一刻，我的心柔软成一片细沙，我看到爱的天使在飞。我很庆幸，我没有摔东西，如果他回家来看到满地一片狼藉，又会怎样呢？

记得他的好，心会变得很宽容，一些不快便都可以忽略不计，而幸福，会张开翅膀重新飞回来。

桃花芳菲时

正月十五闹花灯，年轻的三奶奶在街市上看花灯，遇到英俊的三爹。电光火石般的，两颗年轻的心，爱了。不多久，三爹托了媒人上门。

三奶奶是三爹用大红花轿红盖头迎进门的。那时，满世界的桃花开得妖娆，三奶奶的婆婆——我们那未曾谋面过的老太，站在小院里，正仰望着一树桃花。帮佣的端着一盆莲子走过来，老太咧着嘴乐，说，好兆头，多子多孙。但三奶奶婚后，却无一子半嗣。

过年的时候，我们几个小孩子，被祖母一径领着，走上六七里的路，去给三奶奶拜年。这已是若干年后的事了。我们的老太，也早已作了古。祖母再三关照，看见三奶奶不要乱说乱动，要祝三奶奶健康长寿。

房间里的光线总是暗，有一股水烟味。黄铜的水烟台，立在床头柜上，形销骨立的样子。三奶奶盘腿坐在床上，倚着红绸缎的花被子。她是个瘦小的女人，脸隐在一圈淡淡的光里面，看不分明。她朝着我们说，好孩子，谢谢你们来看奶奶。然后递过红包来，那是给我们的压岁钱。我们敛了气地候着，祖母却客气地相挡，哪能要你的钱呢？

我们被祖母轰出房去，只留她们两个说话。我们乐得出去玩，门前有河，河上结冰，冰上散落着燃尽的爆竹屑。远远看去，像散落的花瓣。我们捡了泥块打冰飘。玩得肚子饿了，才想起已到饭时，回头去找祖母，只听得三奶奶幽幽说，我可是他大红花轿红盖头娶进门来的。后面是长长久久的静穆，有叹息声，落花似的。我们倚了门，呆一呆，那大红花轿红盖头的场面，该是何等的热闹？而三奶奶，定也是个水灵灵的人吧。

从没见过三爹，他的人远在上海。兵荒马乱年代，祖父的几个哥哥，都跑到上海去苦生活。三爹也去了，先是在上海轮船码头做苦力。后来拉黄包车。再后来，去戏园子做看门人。在那里，三爹遭逢到他生命里的一场艳遇。

爱上三爹的女人，是经常去戏园子看戏的。英俊的三爹，穿着镶白边的红礼服，站在戏园子门口迎客，惹得路过的女人频频相望。那个女人在数次相望后，再路过三爹身边，她把外面穿着的大衣脱下，塞到三爹手上，给我拿着，她用不容置疑的口吻说。三爹愕然，她回眸一笑。如此三两次，便熟识了。

后来，这个女人成了三爹在上海的太太。三爹托人捎口信给三奶奶，说，我对不起你，你另择好人家嫁了吧。三奶奶大哭一场，却不肯离去，她把话捎去上海，我可是你大红花轿红盖头娶回家的。三爹听后，长叹一声，再无话。

家里有人去上海，回来说起三爹，多半摇头。三太太，家里人这样称三爹在上海的女人。三太太不是个善茬啊，三爹在家做不了主的，大人们在一起谈论时，如是说。

三太太不喜欢这边的人过去，在小阁楼里摔盆子。三奶奶给三爹做的布鞋，也被三太太给退了回来。三太太说，侬自己穿好了。那个时候，三爹已和三太太生了两儿两女，儿女们都大了。三爹拉着去看他的家里人的手，背地里淌眼泪，说，见一回少一回哪。

也问起三奶奶，记忆里多半模糊。三爹说，她也老了吧？然后叹，我对不起她。一次，三爹瞒着三太太，塞了些钱给去看他的人，说，让她多买点吃的吧，告诉她，死了后，我一定葬在那边的。

回来的人，把三爹的话说给三奶奶听，三奶奶抚被大恸，哭得撕心裂肺。大家都吓坏了，团团围住她，不知怎样相劝才好。三奶奶抽抽噎噎着停下来，说，孩子们，我这是高兴哪。

三爹在八十六岁高龄上，突患一场大病，医治无效。弥留之际，家里人去看他，他问，她还好吧？再三恳求，他死了，一定要带着他的骨灰回去。平时冷面冷脸的三太太，也老了，这时仿佛看开许多，她知道，她守了一辈子的男人，只守住了他的身，却没守住他的心。她松口了，说，就依了他吧，想回去，就回去吧。

三爹的骨灰，被接回老家。三奶奶一早就梳洗打扮好了，稀疏的白发，抿得纹丝不乱。大红对襟袄穿着，是出嫁时穿的那件红嫁衣。她不顾大家的劝阻，踩着碎步，跑了很远的路去迎。她抱着三爹的骨灰盒，多皱的脸上，慢慢洇上笑，笑成桃花瓣。她喃喃说，你这狠心的老头子，我可是你大红花轿红盖头娶进门来的，你却抛下我这么些年，今天，你终于回来啦。站旁边的人，无不泪落。

两天后，三奶奶去世了。她安静地死在床上，身上穿着那件红嫁衣，枕旁放着三爹的骨灰盒。她仪态端庄，面容安详。院子里，一院的桃花，开得正芳菲。

棉花的花

纸糊的窗子上，泊着微茫的晨曦，早起的祖母，站在我们床头叫："起床啦，起床啦，趁着露凉去捉虫子。"这是记忆里的七月天。

七月的夜露重，棉花的花，沾露即开。那时棉田多，很有些一望无际的。花便开得一望无际了。花红，花白，一朵朵，娇艳柔嫩，饱蘸露水，一往情深的样子。我是喜欢那些花的，常停在棉田边，痴看。但旁的人，却是视而不见的。他们在棉田里，埋头捉虫子。虫子是息在棉花的花里面的棉铃虫，有着带斑纹的翅膀，食棉花的花、茎、叶，害处大呢。这种虫子夜伏昼出，清晨的时候，它们多半还在酣睡中，敛了翅，伏在花中间，一动不动，一逮一个准。有点任人宰割。

我也去捉虫子。那时不过五六岁，人还没有一株棉花高，却好动。小姑姑和姐姐去捉虫子，很神气地捧着一只玻璃瓶。我也要，于是也捧着一只玻璃瓶。

可是，我常忘了捉虫子，我喜欢待在棉田边，看那些盛开的花。空气中，满是露珠的味道，甜蜜清凉。花也有些甜蜜清凉的。后来太阳出来，棉花的花，一朵一朵合上，一夜的惊心动魄，华丽盛放，再不留痕迹。满田望去，只剩棉花叶子的绿，绿得密不透风。

捉虫子的人，陆续从棉田里走出来。人都被露水打湿，清新着，是水灵灵的人儿了。走在最后的，是一男一女，年轻的。男人叫红兵，女人叫小玲。

每天清早起来去捉虫子，我们以为很早了，却远远看见他们已在棉田中央，两人紧挨着。红兵白衬衫，小玲红衬衫，一白一红。是棉田里花开的颜色，鲜鲜活活跳跃着，很好看。

后来村子里风言，说红兵和小玲好上了。说的人脸上现出神秘的样子，说曾看到他们一起钻草堆。母亲就叹，小玲这丫头不要命了，怎么可以跟红兵好呢？

家寒的人家，却传说曾是富甲一方的大地主，有地千顷，用人无数。在那个年代，自然要被批被斗。红兵的父亲不堪批斗之苦，上吊自杀。只剩一个母亲，整日低眉顺眼地做人。小玲的家境却要好得多，是响当当的贫下中农不说，还有个哥哥，在外做官。

小玲的家人，得知他们好上了，很震怒。把小玲吊起来打，饿饭，关黑房子……这都是我听来的。那时村子里的人，见面就是谈这事，小着声，生怕惊动了什么似的。这让这件事本身，带了灰暗的色彩。

再见到红兵和小玲，是在棉花地里。那时，七月还没到头呢，棉花的花，还是夜里开，白天合。晨曦初放的时候，我们还是早早地去捉棉铃虫。我还是喜欢看那些棉花的花，花红，花白，朵朵娇艳。那日，我正站在地中央，呆呆对着一株棉花看，就看到棉花旁的条沟上，坐着红兵和小玲，浓密的棉叶遮住他们，他们是两个隐蔽的人儿。他们肩偎着肩，整个世界很静。小玲突然看到我，很努力地冲我笑了笑。

刹那间，有种悲凉，袭上我小小的身子。我赶紧跑了。红的花，白的花，满天地无边无际地开着。

不久之后，棉花不再开花了，棉花结桃了。九月里，棉桃绽开，整个世界，成柔软的雪白的海洋。小玲出嫁了。

这是很匆匆的事情。男人是邻村的，老实，木讷，长相不好看。第一天来相亲，第二天就定下日子，一星期后就办了婚事。没有吹吹打打，一切都是悄没声息的。

据说小玲出嫁前哭闹得很厉害，还用玻璃瓶砸破自己的头。这也只是据说。她嫁出去之后，很少看见她了。大家起初还议论着，说她命不好。渐渐的，淡了。很快，雪白的棉花，被拾上田岸。很快，地里的草也枯了，天空渐渐显出灰白，高不可攀的样子。冬天来了。

那是1977年的冬天，好像特别特别冷，冰凌在屋檐下挂有几尺长，太阳出来了也不融化。这个时候，小玲突然回村了，臂弯处，抱着一个用红毛毯裹着的婴儿，是个女孩。女孩的脸型长得像红兵，特别那小嘴，简直一个模子刻出来的，村人们背地里都这样说。

红兵自小玲回村来，就一直窝在自家的屋子里，把一些有用没用的农具找出来，修理。一屋的乒乒乓乓。

这以后，几成规律，只要小玲一回村，红兵的屋子里，准会传出乒乒乓乓的声音，经久持续。他们几乎从未碰过面。

却还是有意外。那时地里的棉花又开花了，夜里开，白天合。小玲不知怎的一人回了村，在村口拐角处，碰到红兵。他们面对面站着，站了很久，一句话也没说。后来一个往东，一个往西，各走各的了。村人们眼睁睁瞧见，他们就这样分开了，一句话也没有地分开了。

红兵后来一直未娶。前些日子我回老家，跟母亲聊天时，聊到红兵。我说他也老了吧？母亲说，可不是，背都驼了。我的眼前晃过那一望无际的棉花的花，露水很重的清晨，花红，花白，娇嫩得仿佛一个眼神也能融化了它们。母亲说，他还是一个人过哪，不过，小玲的大丫头认他做爹了，常过来看他，还给他织了一件红毛衣。

红木梳妆台

她与他相识，不知是哪一年哪一月的事了。仿佛生来就熟识，生来就是骨子里亲近的那一个人。她坐屋前做女红，他挑着泔水桶，走过院子里的一棵皂角树。五月了，皂角树上开满乳黄的小花儿，天地间，溢满淡淡的清香，有种明媚的好。她抬眉。他含笑，叫一声："小姐。"那个时候，她十四五岁的年纪吧。

也不过是小户人家的女儿，家里光景算不得好，她与寡母一起做女红度日。他亦是贫家少年，人却长得臂粗腰圆，很有虎相。他挨家挨户收泔水，卖给乡下人家养猪。收到她家门上，他总是尊称她一声小姐，彬彬有礼。

这样地，过了一天又一天。皂角花开过，又落了。落过，又开了。应该是又一年了吧，她还在屋前做女红，眉眼举止，盈盈又妩媚。是朵开放得正饱满的花。他亦是长大了，从皂角树下过，皂角树的花枝，都敲到他的头了。他远远看见她，挑泔水桶的脚步，会错乱得毫无步骤。却装作若无其事，依然彬彬有礼叫她一声："小姐。"她笑着点一下头，心跳如鼓。

某一日，他挑着泔水桶走，她倚门望，突然叫住他，她叫他："哎——"他立即止了脚步，回过身来，已是满身的惊喜。"小姐有事吗？"他小心地问。

她用手指缠绕着辫梢笑。她的辫子很长，漆黑油亮。那油亮的辫子，是他梦里的依托。他的脸无端地红了，却听到她轻声说："以后不要小姐小姐地叫我，我的名字叫翠英。"

他就是在那时，发现他头顶的一树皂角花，开得真好啊。

这便有了默契。再来，他远远地笑，她远远地迎。他起初翠英两字叫得不顺口，羞涩得小鸟似的，不肯挪出窝。后来，很顺溜了，他叫她，翠英。几乎是从胸腔里飞奔出来。多么青翠欲滴的两个字啊，仿佛满嘴含翠。他叫完，左右仓促地环顾一下，笑。她也笑。于是，空气都是甜蜜的了。

有人来向她提亲，是一富家子弟。他听说了，辗转一夜未眠。再来挑泔水，从皂角树下低头过，自始至终不肯抬头看她。她叫住他："哎——"他不回头，恢复到先前的彬彬有礼，低低问："小姐有事吗？"

她说："我没答应。"

这句话无头无尾，但他听懂了，只觉得热血一下子涌上来，心口口上就开了朵叫作幸福的花。他点点头，说："谢谢你翠英。"且说且走，一路健步如飞。他跑到一处无人的地方，站在那里，对着天空傻笑。

这夜，月色姣好，银装素裹。他在月下吹笛，笛声悠悠。她应声而出。两个人隔着轻浅的月色，对望。他说："嫁给我吧。"她没有犹豫，答应："好。但我，想要一张梳妆台。"这是她从小女孩起就有的梦。对门张太太家，有张梳妆台，紫檀木的，桌上有暗屉，拉开一个，可以放簪子。再拉开一个，可以放胭脂水粉。立在上头的镜子，锃亮。照着人影儿，水样地在里面晃。

他承诺："好，我娶你时，一定给你一张漂亮的梳妆台。"他去了南方苦钱。走前对她说："等我三年，三年后，我带着漂亮的梳妆台回来娶你。"

三年不是飞花过，是更深漏长。这期间，媒人不断上门，统统被她回绝。寡母为此气得一病不起，她跪在母亲面前哀求：“妈，我有喜欢的人。”

三年倚门望，却没望回他的身影。院子里的皂角花开了落，落了开……不知又过去了几个三年，她水嫩的容颜，渐渐望得枯竭。

有消息辗转传来，他被抓去做壮丁。他死于战乱。她是那么的悔啊，悔不该问他要梳妆台，悔不该放手让他去南方。从此青灯孤影，她把自己没入无尽的思念与悔恨中。

又是几年轮转，她住的院落，被一家医院征去，那里，很快盖起一幢医院大楼。她搬离到几条街道外。伴了多年的皂角树，从此成了梦中影。如同他。

六十岁那年，她在巷口晒太阳，却听到一声轻唤：“翠英。”她全身因这声唤而颤抖。这名字，从她母亲逝去后，就再没听到有人叫过她。她以为听错，侧耳再听，却是明明白白一声翠英。

那日的阳光花花的，她的人，亦是花花的，无数的光影摇移，哪里看得真切？可是，握手上的手，是真的。灌进耳里的声音，是真的。缠绕着她的呼吸，是真的。他回来了，隔了四十多年，他回来了，带着承诺给她的梳妆台。

那年，他出门不久，就遇上抓壮丁的。他被抓去，战场上无数次鬼门关前来来回回，他嘴里叫的，都是她的名字，那个青翠欲滴的名字啊。他幸运地活下来，后来糊里糊涂被塞上一条船。等他头脑清醒过来，人已在台湾。

在台湾，他拼命做事，积攒了一些钱，成了不大不小的老板。身边的女子走马灯似的，都欲与他共结秦晋之好，他一概婉拒，梦里只有皂角花开。

等待的心，只能迂回，他先是移民美国。大陆“文革”了，他断断回不得的。他挑了上好的红木，给她做梳妆台。每日里刨刨凿凿，好度时光。

她早已听得泪雨纷飞。她手抚着红木梳妆台，拉开一个暗屉，里面有银簪。再拉开一个暗屉，里面有胭脂水粉。是她多年前想要的样子啊。

她坐在梳妆台前，很认真地在脸上搽胭脂，搽得东一西一块的。因为年轻时的过多穿针引线，还有，漫长日子里的泪水不断，她的眼睛，早瞎了。

“哎，好看吗？”她转头问立在身后的他。他一迭声说：“好看好看，这世上，没有哪个女人，比你更好看。”她开心地笑了。他悄悄转身，抹去脸上两行泪。外面的阳光，真是灿烂，像多年前的皂角花开。

如果蚕豆会说话

二十一岁，如花绽放的年纪，她被遣送到遥远的乡下去“改造”。不过一瞬间，她就从一个幸福的女孩子，变成了人所不齿的“资产阶级小姐”。那个年代有那个年代的荒唐，而这样的荒唐，几乎改变了她的一生。

父亲被批斗至死。母亲伤心之余，选择跳楼，结束了自己的生命。这个世上，再没有疼爱的手，可以抚过她遍布伤痕的天空。她蜗居在乡下一间漏雨的小屋里，出工，收工，如同木偶一般。

最怕的是田间休息的时候，集体的大喇叭里播放着革命歌曲，“革命群众”围坐一堆，开始对她进行批判。

她低着头，站着。衣服不敢再穿整洁的，她和他们一样，穿带补丁的。发也不再留长的，她忍痛割爱，剪了。她甚至有意站毒日头下晒着，她要晒黑她白皙的皮肤。她努力把自己打造成贫下中农中的一员。一个女孩子的花季，不再明艳。

那一天，歇晌，脸上长着两颗肉痣的队长突然心血来潮，把大家召集起来，说革命出现了新动向。所谓的新动向，不过是她的短发上，别了一只红色的发卡。那是母亲留给她的唯一遗物。

队长粗暴地让人从她的发上，强取下发卡。她第一次反抗，泪流满面地争夺。那一刻，她像一只孤单的雁。

这个时候，突然从人群中跳出一个身影来，他不管不顾地冲上前去，从队长手里抢过发卡，交到她手里。一边用手臂护着她，一边对着周围的人愤怒地“哇哇”叫着。

所有的喧闹，一下子静下来，大家面面相觑。一会儿之后，又都宽容地笑了，没有人跟他计较。一个可怜的哑巴，从小被遗弃在村口，是吃百家饭长大的，长到三十岁了，还是孑然一身。谁都把他当作可怜的人。

队长也不跟他计较，挥挥手，让人群散了。他望望她，打着手势，意思是叫她安心，不要怕，以后有他保护她。她看不懂，但眼底的泪，却一滴一滴滚下来，珍珠似的，砸在脚下的黄土里。

他看着泪流不止的她，手足无措。忽然从口袋里，掏出一把炒蚕豆来，塞到她手里。这是他为她炒的。不过几小把，他一直揣在口袋里，想送她，却望而却步。她是他心中的神，如何敢轻易接近？这会儿，他终于可以亲手把蚕豆交给她了，他满足地搓着手，“嘿嘿”笑了。

她第一次抬眼打量他。长脸，小眼睛，脸上布满岁月的风霜。这是一个有些丑丑的男人，可她眼前，却看到一扇温暖的窗打开了。是久居阴霾里，突见阳光的那种暖。

从此，他像守护神似的跟着她，再没人找她的麻烦，因为他会为她去拼命。谁愿意得罪一个可怜的哑巴呢？谁也不愿意的。她的世界，变得宁静起来。她甚至，可以写写日记，看看书。重的活，有他帮着做。漏雨的屋，亦有他帮着补。有了他，她不再惧怕夜的黑。

他对她的好，所有人都明白，她亦明白，却从不曾考虑过要嫁给他。这怎么可能呢？她虽身陷泥淖，心底的那一份高傲却从不曾丢。她相信，总有一天，她会重新飞走。

邻居阿婶想做好事，某一日，突然拉住收工回家的她，说：“不如就做了他的媳妇吧，以后也有个知冷知热疼你的人。”她愣住。转身看他，他拼命摇头，脸涨得通红。

这之后，他看见她，远远就避开走。她明白他的好意，是不想让她难做。这反倒让她改变了心意，邻居阿婶再撮合这桩亲事时，她点头答应了。是想着委屈的吧，在嫁他的前一天，她跑到没人的地方，大哭一场。

他们的婚姻，开始在无声里铺排开来，柴米油盐，一屋子的烟火熏着。他不让她干一点点重活，甚至她换下的内衣，都是他抢了洗，她在烟火的日子里，渐渐白胖。

这是幸福吧？有时她想。眼睛眺望着遥远的南方，那里，是她成长的地方。如果生活里没有变故，那么她现在，一定坐在钢琴旁，弹着乐曲唱着歌。或者，在某个公园里，悠闲地散着步。她摊开双手，望见修长的手指上，结着一个一个的茧。不再有指望，那么，就这么过日子吧。

他们一直没有孩子。但这不妨碍他对她的好，晴天为她挡太阳，阴天为她遮风雨。村人们感叹，这个哑巴，真会疼人。她听到，心念一转，有泪，点点滴滴，洇湿心头。这辈子，别无他求了。

生活是波平浪静的一幅画，如果后来她的姨妈不出现，这幅画会永远悬在他们的日子里。她的姨妈，那个从小去了法国，而后留在了法国的女人，结过婚，离了，如今孤身一人。老来想有个依靠，于是想到她，辗转打听到，希望她能过去，承欢左右。

这个时候，她还不算老，四十岁不到呢。她还可以继续她年轻时的梦想，比如弹琴，比如绘画。她在这两方面都有相当的天赋。

姨妈却不愿意接受他。照姨妈的看法，一个一贫如洗的哑巴，她跟了他十来年，也算对得起他了。他亦是不肯离开故土。

她只身去了法国。在法国，她常伴着咖啡度夕阳，生活优雅娴静。这些，是她梦里盼过多少次的生活啊，现在，都来了，却空落。那一片天空下，少了一个人的呼吸，终究有些荒凉。一个月，两个月……她好不容易挨过一季，她对姨妈说，她该走了。

再多的华丽，亦留不住她。

她回家的时候，他并不知晓，却早早等在村口。她一进村，就看到他瘦瘦的身影，没在黄昏里，仿佛涂了一层金粉。或许是感应吧，她想。

其实，哪里是感应？从她走后，每天的黄昏，他都到路口来等她。

没有热烈的拥抱，没有缠绵的牵手，他们只是互相看了看，眼睛里，有溪水流过。他接过她手里的大包小包，让她空着手跟在后面走。到家，他把她按到椅子上，望着她笑，忽然转身去房里搬出一个铁罐来，那是她平常用来放些零碎小物件的。他在她面前，陡地扳倒铁罐，哗啦啦，一地的蚕豆，蹦跳开来。

他一颗一颗数给她看，每数一颗，就抬头对她笑一下。他数了很久很久，一共是九十二颗蚕豆，她在心里默念着这个数字。九十二，正好是她离家的天数。

没有人懂。唯有她懂，那一颗一颗的蚕豆，是他想她的心。九十二颗蚕豆，九十二种想念。如果蚕豆会说话，它一定会对她说，我爱你。那是他用一生凝聚起来的语言。

九十二颗蚕豆，从此，成了她最最宝贵的珍藏。

我在戏里面与你相会

祖父年轻时，曾在大上海的十里洋场待过，拉黄包车讨生活。那个时候，他已娶了我祖母，不知怎的一个人跑去上海。动乱年代，家乡闹饥荒，祖母看着饿得面黄肌瘦的我父亲，狠狠心，把当时只有四五岁的我父亲，塞到一条去上海的船上，托人带去上海找祖父。

祖父那时迷听戏，辛苦拉车挣来的钱，几乎全扔进戏院里。到了大上海的父亲跟着祖父，没有预想中的饱肚子。戏台上水粉一片，花红柳绿。戏台下，卖油饼的，提着篮子，挨个叫卖，那香味儿，把父亲小小的心，缠绕了又缠绕。父亲眼巴巴看着油饼，拽着祖父的衣袖叫："父，我饿。"祖父两眼仍紧紧盯着台上，他的眼里，映着一个水粉世界的花红柳绿，哪里顾得了尘世的饥饿愁苦，他哄父亲："乖，好好听戏就不饿了。"

父亲最终没能抵得了饿，跑回乡下祖母身边。走时祖父也不曾挽留，问别人借了钱，买了10个油饼揣父亲身上，就让他跟一个回乡的老乡走了。

祖父就这样，一个人待在上海。乡下的一个家，他是不去想的，他沉醉在他的戏里面。祖母带着一帮孩子，吃尽苦头。给他写家书，说乡下日子难。祖父回，捱捱就过去了。如此的不负责任，让祖母一想起就泪落如雨。

祖母是怨祖父的，那种怨里，甚至带了恨。我有记忆时，祖父早已从上海回到乡下来了，和我们一家子一起过。他还是喜热闹。乡下热闹少，偶尔也有演戏的过来，搭一戏台子唱戏。戏唱得粗糙，只穿着家常衣裳，在戏台子上咿咿呀呀。祖父全然不顾祖母的骂，追了去看，看得津津有味。看完，他会跟我们描绘当年大上海戏院的繁华。“那些唱腔做功，才叫好呐。”祖父说。祖母在一边听见，气不打一处来，嘴里就骂：“死老头子，你就知道你一人快活！”祖父便顿了话题，讪讪地笑。

并不曾留意，祖父和祖母之间，什么时候变得亲密起来。我外出求学，一日一日离家远去，偶尔回家，总看到两个老人，在檐下忙着，一个择菜，一个必扫地。一个上锅，一个必烧火。最有趣的是他们间的称呼全变了，祖母不再叫祖父死老头子，而是称他“爹爹”。祖父则称祖母“奶奶”。

我工作后，拿到第一个月工资，给祖父买了台红灯牌收音机。祖父欢喜得很，整日捧手上，听里面的人唱戏。祖父喜欢的是京剧，祖母喜欢的却是越剧，祖父竟舍了自己的喜欢，跟祖母后面听越剧。什么时候什么台播越剧，他们比谁都清楚。一到播放时间，两人就搬了凳子，紧挨到一起听。收音机里，祝英台在唱：“观音大士媒来做啊，我与你梁兄来拜堂。”梁山伯生气了，回：“贤弟越说越荒唐，两个男子怎拜堂？”我祖母听到这儿，跺脚叹，一迭声说：“傻子傻子，她是女的扮的呀。”祖父在一边，笑呵呵看她。那样的画面，很和谐，很柔软。

是的，除了柔软，我想不到别的词来形容他们在一起的样子。两人的眉眼里，有了相似的东西，是大浪淘尽后的安宁。曾经的怨恨，早已消失殆尽。亲人间，还有什么不可原谅的？他们成了相依为命的两个。祖母偶去亲戚家待一两天，祖父必在门口一日数回望，望不回，会马上追了去，直到缠着祖母回家来。

老来的祖父，对祖母很依恋，亦很爱。一生的爱仿佛这时才觉醒了，他会走上大半天的路，只为去买祖母喜欢吃的薄荷糖。他也给祖母买新鞋新衣裳，尺寸竟是不大不小，正正好。温暖的冬阳下，他们一起做老衣。绸缎的料子，上面息着绛色的花朵。祖母说："爹爹，这料子好啊。"祖父回应："是啊，奶奶，这料子好啊。"他们一起用手摩挲着布料，神态安详且满足。满世界的太阳光，小绒毛似的，静静飘落。

祖母去世得很突然，下午还好好的，还和祖父一起给一只羊喂草的。到了晚上，她说头晕，人就倒下去了，再没醒过来。祖父一直拉着她的手，大家硬把他拉开去，给祖母换上老衣。祖父这才惊醒过来，他哭叫一声："奶奶，你不要丢下我走啊。"人就整个跪下去了，伏到地上，拼命朝躺着的祖母磕头，头磕破了，还是磕。他的眼泪成串成串流，只没有话。

祖母火化后，祖父变得沉默了，他整天呆呆坐着，对着一处看。只到饭时，他才醒悟过来似的，蹒跚着去，先盛一碗饭，摆到祖母遗像前，他叫："奶奶，吃饭啦。"然后守一边等，仿佛那边正在吃他递给她的饭。估计那边的祖母吃得差不多了，他会说："奶奶，我收碗啦。"把祖母遗像前的饭碗端走，自己吃掉。给他另盛饭，他不肯吃，说："我帮奶奶吃剩饭碗呢。"

我回家，从没跟我提过要求的祖父，却要我买一台红灯牌收音机给他。原来的那台，已坏掉。他以为，只有这样的收音机里，才会时时有戏听。

我没找到红灯牌的收音机卖，那种牌子的收音机早被淘汰掉了。我给祖父买了一款新式的，效果相当好。我帮祖父搜索到唱戏的台，比画着告诉祖父，有戏可听呢。祖父看懂我的手势，一把接过收音机，紧紧抱进怀里面，有失而复得的欢喜。他不停地抚着收音机，一遍遍。褶皱如核桃的脸上，慢慢现出笑来，他喃喃说：“奶奶啊，有戏听喽，好听哦。”他的眼神渐渐变得迷离、幽远、沉醉，那里，戏正唱得热闹，他在戏里面，与祖母相会。

九十高龄的祖父，这个时候，其实已耳聋好几年了。